ISBN 978-88-9308-308-9

Testi con Olivia S.
Illustrazioni di Arianna Climaci

In collaborazione con What The Factory

Layout di copertina: Andrea Balconi
Progetto grafico, interni e impaginazione: Bebung, Milano

Per essere informato sulle novità
del Gruppo editoriale Mauri Spagnol visita:
www.illibraio.it

Nord Sud Edizioni è un marchio di Adriano Salani Editore

www.nordsudedizioni.it

Mammagiulia
Figliachiara

La Notte dei Sogni

ROMANZO

Nord Sud Edizioni

Un abbraccio speciale a voi
Macchiette e Macchiettine
che ci seguite sempre
e che ormai siete parte
della nostra famiglia.
Grazie!

DIEGO

MAMMA GIULIA

Figlia chiara

PAPÀ ANTONIO

ACCADDE TUTTO IN UNA NOTTE...

Quella non era una notte come tutte le altre...

Era la notte in cui tutti potevano diventare dei mostri: Halloween. La festa preferita di Figliachiara e Figliodiego che, insieme a Giulia, la loro mamma, non vedevano l'ora di correre fuori casa e fare dolcetto o scherzetto.

«Siete BELLISSIMI!» disse il papà, Antonio, che stava tirando fuori dal forno delle pizze fumanti.

«Io sono un drago sputafuoco! Aaaarghhh!» rispose Diego facendo un balzo in avanti e ruggendo.

«E io invece...» iniziò a dire Chiara «sono un fantastico, meraviglioso, incredibile, adorabile, magicisssssssimo...»

«UNICORNO!» finì per lei Diego.

«Dovevo dirlo io!» brontolò sua sorella.

«Avresti fatto raffreddare la pizza» spiegò Diego sedendosi a tavola.

«Mamma ha fatto proprio un ottimo lavoro» disse Chiara facendo una piroetta su se stessa per far vedere al papà la lunga coda che sbucava da un tutù da ballerina. «E guardate qui!» Chiara premette un bottone e all'improvviso il suo costume da unicorno si illuminò tutto. Mammagiulia aveva sistemato alcune lucine di Natale nella parrucca blu e nel resto dei vestiti. L'effetto era scintillante e meraviglioso.

«Wooow!» fischiò il papà mettendo una fetta di pizza nel piatto di Diego e una nel piatto di Chiara. «Ma a proposito... Dov'è la mamma?!»

I bambini si scambiarono un'occhiata complice e ridacchiarono.

«Perché ridete voi due?»

«Non stiamo ridendo, papà» disse Chiara ridendo.

«Invece sì!»

«No no no» disse Diego ridendo.

«Siete proprio strani!»

«Ci passeresti l'acqua per favore, papà?» domandò Chiara con un gran sorriso.

«Certo...» rispose lui, aprendo lo sportello di uno scaffale. «Ma poi mi dovete spiegare perché state ridendo... AAAAAAA!» urlò Papàantonio.

Chiara e Diego scoppiarono a ridere. Su uno dei ripiani dello scaffale c'era Pallino, il loro cagnolino, con un paio di ali nere da pipistrello legate sulla schiena.

«Pallino, chi ti ha fatto QUESTO?!» gridò Papàantonio, ancora tutto rosso in viso. Allungò le braccia e il piccolo cane gli si tuffò incontro.

«Sono stata iooooo!» disse Mammagiulia uscendo all'improvviso dallo sportello accanto.

«AAAAAAAAAAAAA!» gridò di nuovo per lo spavento Papàantonio.

Chiara e Diego risero ancora più forte, così forte che caddero a terra e sputacchiarono pezzettini di pizza ovunque!

Anche Mammagiulia sghignazzava della reazione di Papàantonio, che cercava di riprendere fiato. Lei si era vestita da vampira: aveva indossato dei denti finti e un lungo mantello nero e rosso.

«Te la sei cercata!» disse Mammagiulia ridacchiando. «Ti sei dimenticato di comprare le caramelle!»

«E allora noi ti abbiamo fatto uno scherzetto!» aggiunse Diego.

«Perché ad Halloween si fa così: o ci dai il dolcetto... o noi ti facciamo lo scherzetto!» spiegò Chiara.

«Ma... ma... ma...» balbettò Papàantonio. «Ho fatto la pizza!!! Non conta niente?!»

«Forse... se sulla pizza avessi messo del cioccolato...» rifletté Chiara.

«O delle caramelle gommose... a forma di vermi!» proseguì Diego.

«Così, invece...» disse Chiara servendosi un'altra fetta «è solo una pizza normale! Non una pizza di Halloween!»

«Però è BUONISSSSIMAAAA!» aggiunse Diego.

«Forza, finiamo di mangiare perché tra poco dobbiamo andare a fare dolcetto o scherzetto anche da tutti i nostri vicini!»

«Ecco, prendetevela con loro» brontolò Papàantonio, un po' offeso. «Non con il vostro povero papà... O con il povero Pallino che ormai è diventato un cane-pipistrello...»

Mammagiulia, Chiara e Diego scoppiarono di nuovo a ridere.

Una vampira (Mammagiulia) con il suo cane-pipistrello al guinzaglio (Pallino), insieme a un unicorno magicissimo (Chiara) e a un drago sputafuoco (Diego) attraversarono tutte le strade del quartiere, riempiendo le loro buste di dolcetti deliziosi. La strada in cui stavano festeggiando Halloween era stata addobbata con zucche e ghirlande di fantasmi e qua e là gruppi di bambini travestiti si rincorrevano.

«Aiutooo! La mia borsa pesa tantissimoooo!» urlò Diego a un certo punto.

«Pfff» sbuffò Chiara un po' risentita.

«Sei arrabbiata perché io sono più piccolo di te, ma ho preso più dolci» ridacchiò il fratello.

«NON È VERO!» sbottò lei.

«Invece sì! E non ci sono più case a cui suonare il campanello perciò ho vinto io!»

Chiara incrociò le braccia e sbuffò di nuovo. Le dava fastidio che Diego avesse vinto, in effetti. Possibile che fossero stati proprio da tutti tutti tutti i vicini?

Chiara rifletteva e senza accorgersene si allontanò un po' dalla via con le belle case tutte addobbate.

All'improvviso, svoltò un angolo e si bloccò

in mezzo alla strada. C'era qualcosa di molto strano in quel posto...

Le voci degli altri bambini che facevano dolcetto o scherzetto erano scomparse.

Le decorazioni a forma di zucca erano sparite.

La via era avvolta dal buio.

E davanti a lei c'era solo una grande casa con il giardino incolto, il tetto un po' troppo inclinato e tutte le finestre serrate. Tutte tranne una, da cui proveniva una fioca luce gialla.

«Che posto da brivido» disse Mammagiulia, raggiungendo Chiara insieme a Diego.

«Andiamocene subito!» propose il bambino, prendendo Mammagiulia per mano.

Chiara, però, guardava con attenzione la casa. Sembrava molto vecchia, terrificante e disabitata... ma allora, perché c'era una luce accesa? Ci doveva proprio vivere qualcuno, là dentro! E lei era decisa ad avere da quel qualcuno una bella dose di dolcetti di Halloween per battere Diego... Perciò, mentre Mammagiulia e suo fratello cominciavano a tornare indietro, lei spinse il cancellino d'ingresso. Nel giardino scuro, l'erba era altissima e i rami degli alberi completamente spogli sembravano degli strani scheletri.

Chiara, però, continuò a camminare dritta dritta fino alla porta, che era tutta rattoppata e aveva un batacchio dalla forma parecchio strana... **sembrava la faccia di un clown!** Senza paura, afferrò la larghissima bocca del clown e la batté con forza.

«Chiara, che cosa stai facendo?!» bisbigliò Mammagiulia, che la guardava con espressione scioccata.

Chiara sorrise e fece i pollici all'insù.

Dall'interno, intanto, nessun rumore.

Ma la bambina non era disposta ad arrendersi. **Bussò di nuovo usando il batacchio-clown. E poi ancora e ancora.**

Diego si sbracciava per farle segno di venire via dalla casa, ma Chiara sapeva che glielo diceva solo perché voleva vincere la sfida delle caramelle... O forse no?

Di colpo, il portone si aprì e un uomo con una grossa pancia e la faccia bianchissima la squadrò. Il suo naso era un po' strano... molto tondo, molto rosso...

«Che cosa vuoi?» ringhiò rivolto verso Chiara. Il suo tono era davvero minaccioso.

«D-d-dolcetto o scherzetto?» balbettò la bambina con voce stridula.

«Dolcetto o scherzetto? DOLCETTO O SCHERZETTO?!» gridò lui.

«S-Sì... Oggi è Halloween» aggiunse Chiara, sempre meno convinta di quello che stava facendo. Quell'uomo non sembrava molto contento di aver ricevuto visite.

«Halloween... HALLOWEEN! Tu sei venuta a disturbare la mia serata perché è Halloween!» strillò. «E vorresti da me dei dolci, giusto? GRATIS per di più!»

«S-sì...» proseguì Chiara, facendosi piccola piccola.

«Altrimenti?!» domandò lui, con un ghigno.

«Altrimenti ti devo fare uno scherzetto...»

«AHAHAHAH!» rise l'uomo. «Tu, con quell'assurdo costumino da unicorno, vorresti fare uno scherzo a me?»

Chiara si arrabbiò. Poteva essere la persona più antipatica del mondo, ma non doveva permettersi di prendere in giro il suo magicissimo costume da unicorno preparato insieme a Mammagiulia! Cercò dentro a una tasca e afferrò la pistola ad acqua che aveva riempito a casa, da usare solo in caso di estrema necessità. E quello era un caso di estrema necessità.

Mentre l'uomo continuava a ridere fragorosamente, tenendosi le mani sulla sua grossa pancia, Chiara prese la mira e... sparò!

Il gettò finì dritto nella bocca dell'uomo, che sbatté le palpebre stupito e poi iniziò a sputacchiare e a pulirsi la lingua con un dito. Chiara sorrise trionfante e rimise a posto la sua pistola.

«Che fchifo!» grugnì l'uomo. «Quefta non è acqua! Che cos'è quefta fchifezza?»

«Un po' di tutto» rispose lei, ripensando all'avanzo di caffè, al limone, all'aranciata, all'olio e a tutti gli altri buonissimi ingredienti che aveva usato per riempire il serbatoio della pistola.

«Scherzetto fatto» riprese a dire Chiara. «La prossima volta ricordati di dare dei dolcetti ai bambini che bussano alla tua porta! Buonanotte!» finì, facendogli una linguaccia.

Stava per tornare da Mammagiulia e Diego, che avevano seguito la vicenda senza trovare il coraggio di intervenire, quando l'omone le mise una mano sulla spalla, costringendola a voltarsi.

«Mi piace il tuo spirito...» iniziò a dirle. Il suo viso però aveva un'espressione strana, un'espressione un po' furba. Un'espressione un po'... spaventosa. Non sembrava molto contento dello scherzetto di Chiara. «Ti voglio dare una cosa, aspettami qui solo un secondo...»

L'uomo sparì dentro la casa completamente buia come se fosse stato risucchiato. Chiara inclinò la testa per guardare dentro, ma non si vedeva niente. Una voce lontana lontana, però, borbottava qualcosa...

«TE LO FACCIO VEDERE IO, LO SCHERZETTO...» sentì Chiara.

L'uomo riapparve subito dopo con un sorriso losco sul viso bianco.

«Non ho dolcetti... però ho questo!»

Porse a Chiara un grosso pupazzo un po' logoro. La bambina lo prese e lo osservò... Aveva le sembianze di un clown ma oltre a quello nessun altro segno distintivo.

«Grazie...» bofonchiò Chiara, sorpresa.

«Grazie a te! E fai bei sogni stanotte! AHAHAH!» rise l'uomo, sbattendole la porta sul naso.

La bambina tornò dalla mamma, Diego e Pallino.

«Ti ha dato delle caramelle?» domandò Diego.

«No, soltanto questo brutto pupazzo...» disse Chiara, infilandosi in tasca il clown.

«Non ti preoccupare, tesoro. L'anno prossimo andrà meglio!» provò a consolarla Mammagiulia. «E ora andiamo tutti a casa, è tardi!»

Una volta a casa, Chiara si accucciò sul divano e guardò perplessa il pupazzo che gli aveva dato il signore. Non le sembrava molto carino.

«Che sonno!» esclamò suo fratello Diego seduto accanto a lei.

«Forza, andiamo a dormire, draghetto!» gli disse Papàantonio. Effettivamente era piuttosto tardi quella sera... **L'orologio della sala segnava quasi la mezzanotte!** Diego e il papà si allontanarono lungo il corridoio, diretti alla cameretta.

Chiara restò seduta con la mamma.

«Tu non vuoi andare a dormire?» chiese Mammagiulia.

Chiara fece segno di no con la testa.

«D'accordo. Allora contiamo i dolcetti?»

«Sì!» concordò e spostò il clown in un angolino, per fare un po' di posto alla mamma e al loro piccolo cane, Pallino.

Pallino indossava ancora la tutina con le ali da

pipistrello che lo rendevano buffissimo. Mammagiulia, invece, era ancora vestita come una vampira, con denti finti e mantello nero e rosso, mentre Chiara stava cominciando a pensare che non si sarebbe tolta mai mai mai più il suo fantastico costume da unicorno.

Mammagiulia e Chiara rovesciarono le borse con i dolcetti sul tavolo e iniziarono la conta.

Un dolcetto...
Due dolcetti...
Tre dolcetti...

Non ci volle molto e anche Mammagiulia e Chiara si addormentarono...

Quando l'orologio a pendolo del corridoio suonò dodici rintocchi, il pupazzo del clown si stiracchiò.

Poi si guardò attorno con la sua testolina ricoperta di ricci rossi e si avvicinò alle due belle addormentate.

Si tirò su le maniche, fece qualche saltello sul posto, scrocchiò il collo.

«Ok, ora sono pronto» bisbigliò. Si schiarì la

gola e disse con una vocina sottile: «Buonanotte... Buonanotte... Ci vediamo nei vostri sogni...»

Scintille luminose uscirono dalle sue mani e si posarono sugli occhi chiusi di Mammagiulia e Figliachiara...

LA VAMPIRELLA VICKY

Chiara si girò nel letto.

Poi si rigirò ancora.

E ancora.

C'era qualcosa di troppo strano nel suo cuscino... non era morbido, soffice e coccoloso come al solito. Allungò una mano per sistemarlo ben benino e tornare a dormire, ma colpì qualcosa di caldo e un po'... PUZZOLENTE! Una puzza strana. Non c'era niente nella sua cameretta che potesse produrre una puzza così.

Aprì un occhio per dare una controllatina alla situazione...

E capì che non si trovava nel suo lettino!

Era sdraiata su un materasso molto comodo, ma in un posto un po' stretto, con delle sponde di legno, e accanto alla sua faccia c'erano dei... dei... dei... dei...

«PIEDI!» esclamò.

Preoccupata, aprì anche l'altro occhio e si mise a sedere, guardandosi intorno. Dovette aguzzare bene la vista perché era buio pesto.

Non c'era nemmeno il chiarore della lucina che usava per dormire di notte!

E Chiara capì che non si trovava nella sua cameretta!

Ma allora... DOV'ERA FINITA?!

RONF... Zzz...

RONF... Zzz...

RONF... Zzz...

Il russare di qualcuno attirò la sua attenzione. Chiara aguzzò ancora un po' la vista e si sporse in avanti.

«Mamma?» disse, incerta. Ecco a chi appartenevano quei piedoni puzzolenti!

«Uuhhmm» rispose Mammagiulia, ancora piuttosto addormentata. Erano sdraiate al contrario. Mammagiulia aveva la testa vicino ai piedini profumatissimi di Chiara e lei si era beccata i piedoni puzzolenti della mamma. In mezzo a loro c'era anche Pallino, che dormiva pacificamente raggomitolato su se stesso.

«Mamma! Svegliati!» disse.

«Solo un minutino...» borbottò Mammagiulia.

«No no no!» la scosse Chiara. «**Ti devi svegliare ORA!** Sta succedendo qualcosa di strano!»

«D'accordo, d'accordo» bofonchiò Mammagiulia stropicciandosi gli occhi. «Però basta scuotermi! Sembra ci sia un terremoto!»

«Credo che stia accadendo qualcosa di moooooolto peggio di un terremoto!» commentò Chiara.

Mammagiulia si mise a sedere, sbadigliò e poi si guardò attorno nella stanza buia e sconosciuta.

**«CHIARA, MA DOVE...
MA CHI... MA COSA...
CHE STA SUCCEDENDO?!»**
esclamò, balzando in piedi
e tenendo in braccio Pallino.

«Te l'avevo detto che stava succedendo qualcosa di strano!» protestò Chiara.

Mammagiulia si girò su se stessa e studiò con espressione sempre più preoccupata il posto in cui avevano dormito.

«Chiara... Chiara... **Ora, dammi la mano e vieni via di lì**» disse, piano.

«Ma mamma, perché? Questo materasso è così comodo! Il cuscino invece...»

«No no no. Dammi la mano e alzati» insistette Mammagiulia.

«Va bene, va bene, ma perché?»

Chiara prese la mano che le stava porgendo Mammagiulia e scese dal letto. Solo che, una volta osservato meglio, capì che non era un letto...

«Ma quella...» disse con voce stridula.

«Sì» confermò Mammagiulia.

«È... È... È...» balbettò Chiara, incapace di finire la frase.

«UNA BARA!» strepitò Mammagiulia. «Ok, niente panico, niente panico» ripeteva, ma il panico ormai si era impossessato di Chiara, che correva qua e là nella stanza, senza una meta. «Che cosa stai cercando, Chiara?!»

«Una porta per uscire da qui!» spiegò la bambina.

«**Giusto, ottima idea!**»

Chiara si rimise a cercare ancora più velocemente, ma era così buio che sbatté contro un muro. Un grosso muro di pietra fredda che finalmente fermò la sua pazza corsa in tondo.

«Ti sei fatta male?» si preoccupò Mammagiulia, avvicinandosi per controllare.

Chiara si appoggiò al muro per rimettersi in piedi e in quel momento toccò qualcosa con la mano. Senza volerlo premette un bottone...

E il buio finalmente sparì! La stanza si illuminò della luce di un grande lampadario appeso al soffitto.

«Sei ancora travestita da unicorno!» esclamò Mammagiulia, vedendo che Chiara indossava il costume che aveva creato per lei usando una parrucca blu, una fucsia, parecchie lucine di Natale e un tutù da ballerina!

«E tu sei ancora vestita da vampira!» notò Chiara.

«Che cosa strana...» commentò Mammagiulia. Anche Pallino indossava le sue ali da pipistrello.

«Non strana quanto il posto in cui siamo finite, mamma!»

Mamma e figlia si guardarono intorno e pensarono che forse sarebbe stato meglio non accenderla proprio la luce! La stanza era parecchio grande ma non conteneva molte cose, solo tante ragnatele, alcuni mozziconi di candele spente e... ALTRE BARE.

Mammagiulia e Figliachiara sobbalzarono per lo spavento e si abbracciarono strette strette.

Le bare erano tutte aperte. Giulia e Chiara si scambiarono un'occhiata e si separarono. Dopo pochi secondi, per fortuna...

«Questa è vuota!» esclamò Chiara, avvicinandosi alla bara di colore arancione. Sbirciò all'interno e vide che c'era un lenzuolo decorato con dei fiorellini.

«Anche questa!» disse Mammagiulia, spiando dentro a una bara verde scuro, che conteneva una coperta a scacchi.

«E questa qui...» controllò Chiara, alzandosi sulle punte per vedere l'interno dell'ultima bara, di un inusuale giallo canarino. «Niente, vuota». Guardando attentamente vide che sopra al coperchio c'era una scritta realizzata con dei glitter.

'Vicky'.

All'interno c'erano alcune confezioni vuote di succo alla fragola.

«Sembra che sia... la camera da letto, cioè, da bara, di una famiglia» commentò Mammagiulia.

Nel frattempo, Chiara aveva ricominciato a

studiare la stanza. Aveva scostato una pesante tenda, scoprendo che dietro c'era...

«**Una porta!**» esclamò, sollevata.

Senza pensarci due volte, Mammagiulia e Chiara uscirono da quell'inquietante stanza piena zeppa di bare e si ritrovarono in un corridoio. Era comunque buio, ma c'erano anche alcune finestre strette e alte da cui entrava il chiarore delle stelle. Non ci misero molto a capire chc si trovavano in un edificio molto antico...

«**Un castello!**» esclamò Chiara, tra lo spaventato e l'emozionato. Attorno a loro, tutto era di pietra scura. I mobili di legno erano super polverosi e le tende rosse davano alla scena un'aria piuttosto sinistra. Mammagiulia si avvicinò a una delle finestre e guardò fuori, ma la vista non la rincuorò affatto: il castello era arroccato in cima a un monte solitario. Sotto, si apriva un bosco avvolto dalla notte.

«Troviamo la porta d'ingresso e diamocela a gambe!» suggerì Mammagiulia.

Chiara annuì, convinta.

Dovevano guardare dove mettevano i piedi se non volevano cadere, ma quel che videro regalò a entrambe una scarica di brividi: il pavimento era attraversato da alcune goccioline rosse...

Così rosse che potevano essere solo una cosa... SANGUE!

Mammagiulia deglutì sonoramente e lo stesso fece Chiara. Le due si strinsero ancora di più e, avvinghiate l'una all'altra, si avvicinarono a una rampa di scale. Ogni singolo gradino su cui poggiavano il piede produceva uno scricchiolio, uno GNIC, che faceva venire loro un altro po' di brividi.

Quando furono al piano terra si ritrovarono in un grande salone. In un angolo c'era un camino (spento), qualche pianta (secca) e un divano (malconcio). Chiara sbirciò e vide che davanti al divano c'erano anche un quaderno con dei numeri e un astuccio.

A differenza di tutto il resto, però, questi due oggetti sembravano nuovi: non erano ricoperti neanche da un granello di polvere... era come se qualcuno li avesse appena usati!

«UUUUH».

All'improvviso, un grido interruppe i pensieri di Chiara.

«Che cos'è stato?» bisbigliò la bambina.

Mammagiulia scosse la testa: «Non lo so!» sussurrò.

«UUUUUUHHHHHHHHH!»

Il rumore si ripeté.

Pallino saltò in braccio a Chiara, che saltò in braccio a Mammagiulia, che non poteva saltare in braccio a nessuno, anche se avrebbe voluto.

«ANDATE VIIIIAAAA...» urlò una voce.

«Sì, sì, andiamo via subito!» rispose prontamente Mammagiulia. «Ma non sappiamo come uscire da qui!»

«CONTINUATE LUNGO IL CORRIDOIOOO... SECONDA PORTA A DESTRAAA...» replicò la voce.

«Gr-gr-grazie» balbettò Mammagiulia. «Facciamo come dice!» disse rivolta a Chiara.

Chiara si mise in piedi e seguì Mammagiulia. Ma non era tranquilla: mentre camminavano si sentiva come... osservata.

Chi era stato a parlare?

Un pensiero terrificante bloccò i piedi di Chiara e decise di condividerlo con la mamma. «E se fosse una trappola?»

Mammagiulia sgranò gli occhi. «Sarebbe un grosso guaio... Un grosso, grosso guaio!»

«NON È UNA TRAPPOLAAAA...» ricominciò la voce. «Se non volete diventare pappa per vampiri dovete andarveneee...»

«Vampiri?!» urlò Mammagiulia.

«Vampiri???» urlò Chiara.

«AAAAAHHHH!» urlarono entrambe e corsero via.

Chiara corse, corse, corse finché dovette fermarsi a riprendere fiato.

«L'abbiamo seminata, mamma?» chiese.

Ma Mammagiulia non rispose.

Chiara si voltò e si accorse che vicino a lei... non c'era nessuno!

«Oh no no no no no, NO!» gridò. Si guardò attorno e si rese conto di essere... sola.

'La mia paura più grande!' pensò, tremando per lo spavento.

La casa era ancora più silenziosa, ancora più buia, ancora più inquietante senza la mamma al suo fianco.

Chiara stava per mettersi a piangere quando si ricordò di una cosa: indossava ancora il suo magicissimo costume da unicorno che poteva illuminarsi in qualsiasi momento! Premette l'interruttore delle lucine nascosto sotto la maglietta e all'improvviso i suoi vestiti si accesero, facendo luce anche sul resto del corridoio.

«Ok, ora va meglio» disse per farsi forza. Non fece in tempo a tirare un sospiro di sollievo, però, che sentì un altro, strano rumore.

Tic!

Tic!

Tic!

Era un rumore leggero, ma bastò a preoccuparla molto.

«**Chi sei?!**» gridò.

Il rumore divenne più veloce: era come se qualcuno di piccolo, di mooolto piccolo stesse camminando verso di lei. Chiara fece l'unica cosa sensata da fare: si rimise a correre!

Più lei correva, però, più il rumore si avvicinava.

Alla fine capì: qualunque cosa fosse... l'avrebbe raggiunta!

Chiara, ormai certa che un vampiro l'avrebbe mangiata per colazione, si fermò, tenendo gli occhi ben serrati. «Fàtti sotto!» disse al suo inseguitore. «Ma ti avviso: non sono affatto buona!»

Per un istante... non accadde niente.
Poi, però, Chiara sentì qualcosa leccarle i piedi.
'Ci siamo!' pensò, preoccupatissima.

Ma ancora... non accadde niente.

Chiunque le stesse leccando i piedi sembrava parecchio interessato solo ai suoi piedi! Chiara trovò il coraggio di aprire un occhio e di guardare verso il basso.

«Pallino! Come hai fatto a trovarmi?» esclamò, sollevata. Il cagnolino-pipistrello scodinzolò e le grattò le gambe per essere preso in braccio.

«Non sono mai stata così felice di vederti! Ora andiamo a cercare la mamma...» disse Chiara.

Ma Pallino iniziò ad abbaiare.

Abbaiava sempre più forte, con il muso puntato verso un grande armadio di legno scuro. Chiara osservò la stanza in cui era finita, che aveva tutta l'aria di essere una grande cucina. C'erano un fornello, un grande tavolo, un frigorifero ronzante...

«**Che succede?**» gli domandò Chiara quando Pallino abbaiò ancora più forte.

Il cagnolino le sfuggì dalle braccia e con un salto agile e la coda tutta dritta si avvicinò all'armadio, scodinzolando in modo frenetico.

Chiara si avvicinò, titubante. Notò che la porta dell'armadio era socchiusa. Sbirciò all'interno e vide... **UN OCCHIO!** Un grande occhio giallo la stava guardando!

Senza pensarci due volte scappò via, urlando.

In quel momento, sentì le porte dell'armadio scostarsi e qualcosa cadere sul pavimento.

«**Aspetta, aspetta, aspetta!**» le gridava una vocina.

Chiara non aveva intenzione di scoprire a chi appartenesse: era tutta sola in un castello spaventoso e qualcuno la inseguiva. **Doveva proprio trovare il modo di uscire da lì!**

Dopo alcuni minuti di corsa veloce come un fulmine, però, si accorse con terrore che Pallino non era con lei.

L'aveva lasciato indietro.

E ora non doveva cercare solo Mammagiulia. Doveva andare a riprendere anche lui.

Chiara, con un sospiro, si decise a tornare sui suoi passi.

Cercando di non fare rumore, si incamminò verso la cucina e spiò all'interno dalla porticina aperta.

Pallino, accucciato con eleganza, aveva lo sguardo attento di quando qualcuno...

'**Gli sta per dare qualcosa di buono da mangiare!**' pensò Chiara.

Si accovacciò un po' per cambiare visuale e quello che vide le tolse il fiato!

Davanti a Pallino c'era una bambina.

Ma non era una bambina come tutte le altre.

Aveva i capelli neri, lunghissimi, raccolti in due codini, e la pelle bianchissima. **I suoi occhi erano grandi grandi e gialli gialli.** Anche il vestitino che indossava era giallo. Stava giocando con Pallino e quando lui fece una capriola, felice del croccantino che aveva appena ricevuto, la bambina rise...

La sua bocca però non era come tutte le altre.

Chiara li aveva visti benissimo: c'erano dei denti affilatissimi lì dentro! Ed erano tanti! E avevano tutta l'aria di essere dei denti che potevano fare mooooolto male.

Chiara, con il cuore in gola, rimase a osservare ancora un po' la scena.

Dovette ammettere che i due sembravano proprio andare d'accordo! Pallino sembrava molto divertito e la bambina vampira sembrava molto contenta. Tra un croccantino e l'altro, la bambina succhiava con una cannuccia uno strano liquido rosso da una confezione.

'SANGUE!' pensò allarmata Chiara. 'Devo salvare il mio cagnolino prima che diventi la sua merenda!'

Chiara si guardò attorno, cercando qualcosa con cui difendersi. Appoggiata in un angolo vide una scopa un po' spelacchiata.

'Ecco!' pensò, impugnandola.

Corse di nuovo verso la cucina e urlando un «LASCIA IN PACE IL MIO CANE!» entrò.

La piccola vampira saltò subito in piedi sul tavolo e la guardò confusa. Nella foga del momento lanciò la confezione di sangue che cadde a terra, e alcuni schizzi raggiunsero il vestito di Chiara. La bambina si precipitò a ripararsi dietro al tavolo e Chiara la rincorse.

Tutte e due correvano come delle forsennate attorno al tavolo: la bambina scappava dalla scopa di Chiara, Chiara scappava dai denti della bambina.

Intanto, Pallino abbaiava arrabbiato.

«Scappa, Pallino!» gridò Chiara.

Ma il cane non aveva alcuna intenzione di andarsene, anzi si tuffò anche lui all'inseguimento.

«Bravo, prendila!» lo incitò.

Ma Pallino non sembrava intenzionato a prendere la bambina vampira, anzi si attaccò al tutù di Chiara, facendola inciampare e finire sul pavimento!

«Oh no, oh no! Per noi adesso è davvero finita!» disse Chiara, certa che stavolta non sarebbe riuscita a salvarsi.

Invece, anche in questo caso, non accadde niente.

Chiara si rialzò e si guardò attorno.

«**Dove sei?**» gridò, impugnando di nuovo la scopa.

Si muoveva lentamente e allungava il collo per vedere meglio ogni angolo della cucina.

La bambina vampira era accovacciata con le mani sugli occhi e bisbigliava a Pallino: «Vai via, vai dalla tua padroncina, cagnolino-pipistrellino...»

Ma lui, invece, la leccava tutta.

«**Giù le mani dal mio cane!**» le ordinò Chiara.

La bambina vampira rabbrividì. «Stai lontana o ti succhio tutto il sangue!» disse. Ma la sua voce non era molto minacciosa.

«E io ti tiro questa in testa!» esclamò Chiara, brandendo la scopa.

«E io... Io...» cominciò a dire la bambina, ma in quel momento Chiara vide che il sangue che la vampirella stava bevendo poco prima e che si era rovesciato tutto per terra aveva attirato l'attenzione di Pallino. Il cagnolino lo annusava scodinzolando.

E ora lo stava... LECCANDO!

«No, Pallino! Che cosa fai?! Vieni via».

Chiara lo prese in braccio, ma quando si avvicinò di più alla pozzanghera di sangue capì che quello che stava leccando il cagnolino **non era sangue... MA SUCCO! Succo alla fragola!**

Chiara, all'improvviso, si ricordò della bara gialla con la scritta glitterata e le confezioni vuote di succo alla fragola all'interno.

La bambina e Chiara si guardarono.

«**Tu non bevi sangue umano**» le disse Chiara.

La bambina strinse i pugni e poi fece segno di no con la testa.

«E ti chiami Vicky!»

La bambina la guardò un po' stupita e poi annuì.

Chiara, allora, lasciò cadere la scopa e le allungò una mano. «Piacere di conoscerti, io sono Chiara e mi sono persa!»

Lentamente, Vicky prese la mano di Chiara e la strinse.

«Vuoi del succo di fragola?» domandò con un sorriso timido.

Chiara accettò, contenta, e insieme si sedettero al tavolo, succhiando dalla cannuccia, in silenzio.

«**Mi dispiace di averti spaventata, Chiara**» disse Vicky dopo un po', imbarazzata. «Ma quando ho visto quella signora vampira scendere le scale...»

«Signora vampira?» domandò Chiara, senza capire.

«Sì! Aveva un mantello nero e rosso!»

«**AAAHHH!** Ma tu intendi la mia mamma!» ridacchiò Chiara. «**Non è davvero una vampira!**»

«Ah, no?»

Chiara fece segno di no con la testa.

Vicky finì il suo succo. «Ho avuto paura perché non sono abituata a stare da sola. Non mi piace proprio!»

«Ti capisco! Anche io odio stare da sola!» disse Chiara.

«L'avevo intuito! È per quello che quando sei scappata ho riportato questo cane-pipistrello da te!»

«Sei stata tu?!» domandò Chiara stupita.

Vicky annuì. «Ho capito che avevi paura».

«Io e la mia mamma non volevamo spaventarti. **Non so bene come siamo arrivate qui...** Ma ci piacerebbe molto lasciarti in pace e andarcene a casa nostra».

Vicky succhiò dalla cannuccia per raccogliere anche l'ultimissima goccia di succo, riflettendo.

«Come mai sei qui tutta sola?» domandò dopo un po' Chiara.

Vicky scrollò le spalle. «Dovevo finire i compiti di matematica, quindi i miei genitori hanno deciso di farsi un volo senza di me!» brontolò.

«**SAI VOLARE?**» chiese Chiara.

Vicky sorrise, poi si mise in piedi e con uno sbuffo di fumo si trasformò in un pipistrello con un fiocco giallo al collo.

«WOW!» esclamò Chiara. «Che ne dici di fare un giro nel tuo castello alla ricerca di mia mamma? Chissà dov'è finita!»

Vicky-pipistrello annuì e uscì dalla porta.

Chiara guardò Pallino che si era steso a pancia all'aria. Aveva leccato tutto il succo e ora si concedeva un pisolino con la pancia piena.

«Se non avessi avuto paura di conoscere Vicky, saremmo potute diventare subito amiche, anziché correre la maratona dentro questo castello e rischiare di morire di paura...» rifletté Chiara.

E a proposito di paura...

«AIUTO AIUTO AIUTO! Ho paura dei pipistrelli!» gridava Mammagiulia. L'uccellaccio le svolazzava attorno e non sembrava intenzionato a lasciarla stare. Lei agitava le braccia per allontanarlo e intanto cercava di seminarlo, camminando più veloce che poteva.

«Mamma!» sentì dire e riconobbe subito la voce di chi aveva parlato, avrebbe riconosciuto Chiara ovunque e in qualsiasi situazione.

Mammagiulia si bloccò e il pipistrello smise di tormentarla.

«Chiara! Ti ho trovata!» disse e corse da lei per abbracciarla.

«Veramente...» puntualizzò Chiara. «È stata lei a trovarti...»

«Lei? Lei chi?» domandò confusa Mammagiulia.

«Vicky!» spiegò Chiara.

E il pipistrello con un POUF e uno sbuffo di fumo si trasformò nella bambina con il vestitino giallo.

«Ma... Ma... Ma...» balbettò Mammagiulia.

«Sì, è una vampira!» sogghignò Chiara. «Ed è anche la mia nuova amica!»

«Ma... Ma... Ma... Aveva detto che se non ce ne fossimo andate subito saremmo diventate pappa per vampiri!»

La pelle bianchissima di Vicky si colorò di

un leggero rossore, perché la bambina era un po' in imbarazzo. «Ecco... volevo spaventarvi. Non mi piace per niente stare da sola e quando siete arrivate ho avuto paura... Mi dispiace molto...»

Mammagiulia la guardò per un istante, poi spalancò le braccia e la abbracciò. «D'accordo, perdonata! Ma ora cosa facciamo? Come torniamo a casa?»

La bambina fissò la piccola vampira che annuì.

«**Abbiamo avuto un'idea, mentre non c'eri...**»

«Non è che non c'ero» protestò Mammagiulia. «Ero impegnata a ritrovarti e a non farmi mangiare dai vampiri!»

«Be', mentre non c'eri noi abbiamo fatto merenda. Ma abbiamo pensato che forse, forse...» riprese Chiara. «Se ci siamo addormentate sul nostro divano e ci siamo svegliate in una bara...»

«Vai avanti» la incalzò Mammagiulia, già parecchio preoccupata.

«**Forse dovremmo addormentarci in una bara per svegliarci sul nostro divano!**»

Mammagiulia impallidì. Non aveva molta voglia di tornare dentro a quella cassa nera...

Però il piano sembrava avere una logica. Valeva la pena fare un tentativo!

«Ok, d'accordo. Proviamo».

Accompagnate da Vicky, Mammagiulia e Chiara, con Pallino al seguito, tornarono nella 'camera da bara' e si sistemarono sul materasso di quella nera.

«Lo sai che i tuoi piedini non hanno proprio un buon profumo, Chiara?» chiese Mammagiulia.

«Nemmeno i tuoi!» rispose Chiara.

«Forse è meglio se sposti il gomito...»

«E tu se togli la gamba...»

«E dove la dovrei mettere, secondo te?!» domandò Mammagiulia.

Vicky osservava le due cercare di mettersi comode. «Dovreste stare ferme» suggerì.

Mammagiulia e Chiara si immobilizzarono. La bambina vampira mise nella bara anche Pallino, che le diede un'ultima leccata affettuosa.

«E ora?» chiese Mammagiulia.

«**Dovete dormire!**» disse Vicky.

«Ma io non ho sonno!» protestò Chiara. «E poi, se il nostro piano funziona, tu rimarrai di nuovo qui da sola!»

Vicky sorrise. «Ho capito che a volte non c'è niente di cui avere paura, nemmeno quando si è soli. Anzi, a volte, se si trova il coraggio di affrontarla, si può scoprire che dietro la paura c'è qualcosa di bellissimo!»

«Tipo un'amica?» domandò Chiara.

«Tipo un'amica» confermò Vicky.

Le due si scambiarono un sorriso complice.

«**D'accordo. Allora... chiudiamo questa bara!**» disse Chiara.

«Chiudiamo? No! Cosa? Perché?!» urlò Mammagiulia.

Vicky, però, non le prestò attenzione. Abbassò il coperchio e tutto divenne buio.

Vicky

Mammagiulia e Chiara fecero un respiro profondo e chiusero forte gli occhi.

Da sotto le palpebre, scorsero una luce che si fece sempre più intensa e colorata.

Quando li riaprirono si ritrovarono sul divano di casa. **Ce l'avevano fatta!**

Tutto era esattamente come l'avevano lasciato: le caramelle e i dolcetti erano sparsi ovunque sul tavolino.

Avevano dormito per chissà quanto, ma fuori dalla finestra era ancora buio. L'orologio segnava quasi l'una di notte.

«Mamma, non sai che sogno incredibile ho fatto» disse Chiara, saltando su Mammagiulia.

«Anche io! **Eravamo in un castello...**» iniziò a dire la mamma.

«E c'erano delle bare!» continuò entusiasta Chiara.

«Sì, quelle di Vicky e dei suoi genitori!» confermò Mammagiulia.

I loro sguardi si incrociarono. I sorrisi svanirono dai loro volti...

«**Non è stato solo un sogno, vero?**» domandò Mammagiulia.

Chiara studiò il vestito da unicorno e vide che era cosparso di piccole macchie simili a schizzi.

Erano rossi.

Sembravano... sangue.

Ma lei sapeva che si trattava di succo alla fragola.

«Ma è impossibile...» commentò Chiara. Si guardò attorno, confusa. L'unica cosa fuori posto nel salotto era il pupazzo del clown che le aveva dato il signore della casa decrepita.

Non era più nell'angolino del divano. Era seduto in mezzo a loro. Immobile, esattamente come ogni altro pupazzo.

Di colpo, le tornarono in mente le parole con cui l'aveva salutata il signore: «Fai bei sogni stanotte...»

Quel clown aveva qualcosa di strano.
Qualcosa di pauroso. Qualcosa di magico.

I FRATELLINI MUMMIA

Mammagiulia balzò in piedi.

«Basta così! Non ci lasceremo terrorizzare da un brutto pupazzetto di pezza!» esclamò. Prese il piccolo clown e lo lanciò fuori dalla porta di casa, dritto in giardino, ricordandosi di chiudere a chiave.

«Ecco fatto!» disse soddisfatta. «Ora possiamo andare a dormire!»

Chiara fu d'accordo. Non voleva proprio altri scherzetti quella notte!

Salutò la mamma e filò dritta in bagno per lavarsi i denti.

Mentre faceva su e giù, destra e sinistra con lo spazzolino, però, non riusciva a smettere di pensare all'avventura che aveva vissuto. Doveva proprio raccontarla a qualcuno...

Mise via lo spazzolino e sgattaiolò nella stanza di suo fratello Diego.

«Pssst! Diego!» bisbigliò, cercando di non farsi sentire dalla mamma o dal papà. «Pssst!» insisté.

Vedendo che non le rispondeva, iniziò a scuoterlo più forte che poteva per svegliarlo.

«Che stai facendo?!» brontolò lui, mettendosi seduto sul letto.

«Abbiamo un pupazzo magico» spiegò Chiara eccitata.

Diego sollevò un sopracciglio con aria molto scettica.

«È vero! Mi ha portata in un castello buio e silenzioso e ho trovato un vampiro, cioè... una vampira. E siamo persino diventate amiche!»

«Buonanotte, Chiara...» si limitò a rispondere Diego, sparendo di nuovo sotto le coperte.

«È vero!» protestò lei.

«E dove sarebbe questo pupazzo magico?» chiese il fratello.

«Mamma l'ha messo in giardino perché aveva paura di lui!»

«Certo... come no!»

Chiara si indispettì. Diego doveva crederle! Lei stava soltanto dicendo la verità. Saltò sul letto e cercò di togliergli il piumone dalla faccia per farsi ascoltare. I due fratelli iniziarono a litigare e andarono avanti finché non crollarono sul cuscino, esausti. Si addormentarono l'uno abbracciato all'altra e in quell'esatto momento l'orologio sul comodino di Diego segnò le due del mattino.

La finestra della cameretta
si aprì un pochino, giusto quel che bastava
per permettere a un pupazzo di pezza
di entrare, sedersi sul davanzale
e agitare le sue mani, sprigionando
tante scintille che si posarono
sugli occhi dei due bambini...

Improvvisamente, Diego sentì freddo.

Molto freddo.

Allungò una mano per tirarsi sulle spalle la coperta, ma non riuscì a trovarla.

2:00

Aprì di colpo gli occhi: non c'era traccia della lucina che Mammagiulia e Papàantonio lasciavano accesa per lui tutta la notte.

Il bambino sussultò preoccupato. Il movimento brusco svegliò Chiara che dormiva vicino a lui.

«C'è qualcosa che non va» sussurrò alla sorella.

La vide guardarsi attorno allarmata. «Te l'avevo detto...»

«Che cosa?»

«Siamo finiti dentro un sogno!» spiegò Chiara. «È stato il pupazzo magico!»

Diego la fissò ancora un po' scettico.

Chiara si alzò in piedi sbuffando, cercando di non mostrare al fratellino quant'era preoccupata.

«E come... come torniamo a casa?» chiese lui.

«Non lo so ancora...» ammise Chiara. «Ma l'altra volta sono dovuta entrare in una bara...»

Si erano svegliati su un pavimento di sabbia fredda e dura. Nel punto in cui si trovavano giacevano i pezzi di un oggetto di legno distrutto che non persero tempo a identificare. La stanza era buia, ma su una parete c'era un piccolo buco da cui proveniva un sottile fascio di luce lunare.

Diego si avvicinò e si alzò sulle punte. Spiò fuori e quel che vide lo lasciò senza parole: chilometri e chilometri di sabbia e di dune attorno a loro e un milione di stelle che brillavano nel cielo.

«Pensi... pensi che sia possibile essere finiti in una... in una...?» domandò con il panico nella voce, senza riuscire a finire la frase.

Chiara guardò attraverso il buchino e trattenne il fiato.

A quanto pare era decisamente possibile!

«D'accordo. Dobbiamo andarcene» stabilì.

«Ah ah ah!» rise una voce.

I due fratelli raggelarono.

«Chi c'è?» provò a chiedere Chiara.

«Hai sentito Saba? Questi due pensano di poter uscire dalla nostra piramide...» ridacchiò di nuovo la voce.

«Ho sentito, ho sentito Akil» rispose una voce femminile. «Non sanno che da qui si entra e non si esce mai più?»

«Ma io... vorrei tanto tornare a casa!» piagnucolò Diego, aggrappandosi alla sorella.

«Dove siete? Fatevi vedere!»

«Cosa ne dici, Saba?»

«L'hanno chiesto loro, Akil...» rispose la voce.

Chiara e Diego sentirono qualcuno battere le mani e, di colpo, la stanza si illuminò.

Decine e decine di fiaccole appese alle pareti si accesero. Le fiamme tremolavano gettando lunghe ombre...

In quel momento Chiara e Diego videro con chi stavano parlando.

E per poco non svennero.

«M-m-m-m-m-mummie» balbettò Chiara.

«M-m-m-m-m-mummie vive» aggiunse Diego.

«Be', non esageriamo con 'vive'» disse quella appoggiata a una colonna che sosteneva un varco affacciato su un corridoio.

«Siamo piuttosto morte, in realtà. E da qualche millennio, ormai» rispose quella appoggiata all'altra colonna.

I bambini erano come paralizzati. Stavano davvero parlando con due mummie? Sembrava proprio di sì.

Quelle due si scambiarono una lunga occhiata d'intesa.

«Io sono Saba» si presentò la prima. Indossava un paio di occhiali con le lenti a forma di cuore e dalla nuca le spuntava una massa di capelli ricci e neri.

«E io Akil» disse il secondo, con un berretto multicolor con la visiera e dei pantaloncini verdi sopra alle bende.

Akil fece un passo verso Diego che indietreggiò, desiderando di sparire. «Avete rotto il mio Cani e Sciacalli» disse con voce arrabbiata.

«Il tuo...?» provò a dire Diego, guardando verso il cumulo di bastoncini spezzati su cui si erano svegliati.

«Cani e Sciacalli. Il gioco più popolare dell'antico Egitto!»

I bambini non fiatarono. Akil guardò i bastoncini con espressione triste e irritata.

«Ho un'idea, fratellino» ridacchiò la mummia con gli occhiali a forma di cuore.

«La stessa che ho io, sorellina?»

Il tono che usarono fece venire i brividi a Chiara e Diego. Stavano per vedersela brutta, molto brutta.

«Cosa... cosa volete farci?» chiese Chiara.

Ora anche Saba si era spaventosamente avvicinata, incombeva su di loro e li fissava da dietro le lenti scure con aria minacciosa.

«Siete entrati nella nostra piramide...» disse lei.

«Avete distrutto il nostro gioco...» continuò Akil.

«Meritate una punizione!» dissero all'unisono.

I bambini deglutirono, terrorizzati.

«Acchiapparella!
Tocca a voi prendere noi!»
gridò Saba. E così facendo
scattò di lato e Akil si allontanò
nel verso opposto.

Chiara e Diego si scambiarono un'occhiata terrorizzata.

«Non sapete come si gioca?!» brontolò Saba.

I bambini erano ancora sotto shock. Si erano risvegliati in una piramide per colpa di un pupazzo magico e ora avrebbero dovuto giocare ad acchiapparella con due mummie vecchie di migliaia di anni?

«Meglio che facciamo come dicono...» si limitò a rispondere Chiara.

Diego guardò la sorella e mosse un primo passo, poi un altro e un altro ancora, finché i suoi piedi presero a correre più forte che poteva. Le lucine delle scarpe che indossava e che stavano molto bene con il costume da drago si agitavano rapidissime nelle suole.

Chiara seguì il suo esempio e in un batter d'occhio si ritrovarono a giocare a inseguirsi in una piramide.

Che razza di sogno era quello?!

«Preso!» urlò Diego ad Akil. Le due mummie non erano molto veloci, ma conoscevano una quantità di passaggi segreti e di trappole e riuscivano sempre a vincere. Chiara e Diego erano affascinati dalla piramide e dovevano ammettere che Akil e Saba erano molto divertenti. Finalmente, Diego era riuscito a mettere un piede su una delle bende che penzolavano dalle gambe di Akil. Così l'aveva fatto inciampare e acchiappato.

«Così non vale!» protestò Akil.

«Non sai perdere» sogghignò Saba, che si era fermata per assistere alla scena.

«Presa!» la toccò Chiara.

Saba incrociò le braccia, innervosita.

«Facciamo una pausa?» propose Diego.

Le mummie annuirono e si sedettero sul vasto pavimento di pietra.

«Vivete qui dentro da soli?» chiese Chiara. Saba e Akil avevano girato un sasso nel muro e si era aperto un piccolo sportellino contenente un pacchetto di patatine che ora si stavano dividendo. «Ci siamo solo noi...» disse Akil.

«Ma in realtà
non siamo proprio da soli...»
aggiunse a mezza voce Saba,
ma Akil le rifilò una gomitata.

«Solo noi. È stata una sorpresa vedere due viventi da queste parti, è da un po' che non passa qualche turista...» spiegò Akil.

«Forse perché hanno paura dei tuoi furti» si intromise Saba.

«O forse perché hanno paura di...» Ma Akil non riuscì a finire la frase perché stavolta fu Saba a rifilargli una gomitata.

«Non ascoltatelo, non c'è niente di cui avere paura qui dentro».

«A parte voi...» commentò Diego.

«Ma noi non vogliamo farvi del male!» spiegò Saba saltando in piedi. «Be'... però potreste sentire un leggero pizzicore quando vi toglieremo il cervello dal naso...»

«COSA?» domandarono all'unisono Chiara e Diego.

Akil si aggiustò il cappellino sulla testa. «Come pensate che potremo mummificarvi senza togliervi il cervello?»

Saba scosse la testa. «Farlo passare dal naso è il metodo più semplice e veloce, credeteci!»

«Ma... Ma... Ma perché volete mummificarci?» domandò Diego, pallidissimo in viso.

«Come perché? Siete dei campioni di acchiapparella e nostri amici! Gli amici devono rimanere insieme...» disse Akil.

Chiara sentiva il cuore martellarle nel petto. Quei due dicevano sul serio? Volevano davvero fare in modo che lei e Diego diventassero delle mummie?

Deglutì. Doveva fare qualcosa... uscire dal sogno e tornare a casa, ecco cosa! Ma come...?

Saba si fece avanti, cercando di afferrarla, ma Diego si mise tra lei e sua sorella.

«Scappiamo!» gridò.

Chiara e Diego corsero a perdifiato, inseguiti da Akil e Saba. Per fortuna le mummie erano un po' lente e scoordinate! Infilarono una porta, poi un cunicolo molto stretto, poi un'altra porta. Tutte le stanze della piramide erano decorate con geroglifici colorati e c'erano vecchi mobili e vasi risalenti a un mucchio di secoli prima.

A un certo punto, Diego si ritrovò davanti a una grande porta sbarrata.

«Chiara! Aiutami» disse alla sorella, cominciando a staccare le assi chiodate che impedivano di aprirla. Chiara si impegnò a fare in fretta e appena anche l'ultima asse cadde a terra i due fratelli spalancarono la porta.

Un soffio d'aria gelida uscì dalla stanza avvolta nell'oscurità e si insinuò sotto ai vestiti dei bambini...

«Qui dentro!» la spinse Diego.

Entrambi si appiattirono contro una parete, tenendo le mani sulla bocca per non far sentire il rumore dei loro respiri affannati alle due mummie, che proprio in quel momento passavano da lì.

Udirono i loro passi allontanarsi lungo il corridoio e, quando finalmente ogni suono sparì, fecero un respiro di sollievo.

La bambina accese le lucine del suo costume

da unicorno per illuminare la stanza in cui si erano infilati.

Vuota.

Era del tutto vuota.

Nessun geroglifico, nessun oggetto...

Ma c'era qualcosa appoggiato in un angolo, coperto da un lenzuolo annerito.

Facendosi coraggio, i due fratelli si avvicinarono.

Qualsiasi cosa fosse, forse avrebbero potuto usarla per mettere k.o. le due mummie e uscire da quella piramide!

«Al mio tre...» disse Chiara. «Uno... Due...»

Diego strattonò subito il lenzuolo senza aspettare il tre.

Il drappo cadde a terra rivelando...

«Il sarcofago di un faraone!» esclamò Chiara.

«Wow!» non riuscì a trattenersi Diego.

Davanti a loro scintillava d'oro la cassa in cui era stato sepolto un antico re egizio. Chiara la ammirò estasiata finché ebbe un'intuizione.

«Per tornare a casa dal castello dei vampiri, sono dovuta entrare in una bara. E anche questa lo è!» ragionò.

«Quindi... Noi dovremmo entrare lì dentro?»

Chiara annuì. «Sì, penso sia proprio così».

«Non ci penso neanche!» protestò Diego.

«Preferisci farti togliere il cervello dal naso?» chiese Chiara.

«FORSE» rispose Diego, ma la sorella sapeva che non era vero. Diego aveva solo un po' di paura. E anche lei, in effetti: non era una cosa da tutti i giorni schiacciare un riposino dentro al sarcofago di un faraone, in fondo.

«Forza» decise Chiara e iniziò a sollevare il coperchio. Era pesante e puzzava di umido, e non appena riuscì ad alzarlo del tutto cominciò a pensare che la sua non era stata una buona idea.

Nel sarcofago c'era qualcuno.

Qualcuno di molto grosso.

«RONF!»

I bambini si scambiarono un'occhiata allarmata.

Qualcuno che stava russando!

«Richiudiamolo, presto» disse Diego, cercando di aiutare Chiara. Nel farlo, però, con la coda da drago urtò la faccia della sorella.

«Ahi!» si lamentò Chiara, lasciandosi sfuggire la parte superiore del sarcofago, che cadde a terra con un sonoro TOC.

La mummia si sollevò immediatamente, ruotando la testa avvolta dalle bende da una parte e dall'altra e cercando di capire che cosa stesse succedendo. I suoi occhi scintillarono di una luce verde, simile a quella di un laser.

«Chi ha osato interrompere il mio sonno eterno?!» chiese con una voce che echeggiò per tutta la stanza, forse per tutta la piramide.

«Ora siamo fritti» commentò Diego.

Stavolta fu Chiara ad afferrare il fratello e a trascinarselo dietro. Tornarono sui loro passi e presero a correre come se non avessero mai corso prima.

«Ehi, Saba, guarda chi è tornato?!» disse entusiasta Akil, bloccando il passaggio ai due bambini.

«Lasciateci andare!» urlò Diego.

«Nooo! Vogliamo degli amici con cui giocare ad acchiapparella tutte le volte che ci va!» disse Saba.

«Dobbiamo andare via» protestò Chiara, cercando di superare Akil.

«Perché? Avete visto un fantasma?» ridacchiò Saba.

«Peggio» commentò Diego.

«Cosa c'è di peggio di un f...?»

«CHI HA OSATO INTERROMPERE IL MIO SONNO ETERNO?»

«Per tutti gli scarabei...» disse Saba, guardando la gigantesca mummia che si avvicinava sempre più. Per terra, un'orda di scorpioni si univa all'inseguimento e le bende con cui era fasciata la mummia si agitavano come serpenti nell'aria.

«VIA DA QUI» urlò Akil, mettendosi alla guida del gruppo.

I due fratelli mummia e i due fratelli umani corsero veloci come il vento.

«Entrate, presto» disse Saba, premendo una pietra nel muro che apriva un piccolo passaggio segreto.

Tutti e quattro si fecero posto all'interno.

«Come vi è venuto in mente di svegliarlo?!» li rimproverò Akil.

«Non sapevamo che c'era qualcuno nel sarcofago!» si giustificarono Chiara e Diego.

«Ora dobbiamo intrappolarlo di nuovo!» si lamentò Saba.

«Ma chi è?»

Le due mummie guardarono i bambini. «Quello è re Khenaton» disse Akil.

«Mai sentito» rispose Diego.

«Per forza. È stato il faraone più malvagio di tutti i tempi e per questo è stato cancellato dai libri di storia. Khenaton voleva conquistare il mondo, distruggere città, scatenare guerre. È stato imprigionato qui dentro e noi siamo i suoi custodi eterni. Non possiamo lasciarlo fuggire o tutto il mondo sarà in pericolo!» spiegò Saba, sistemandosi gli occhiali a cuore sul naso.

«E voi dovrete aiutarci» aggiunse Akil, spiegando il piano nei dettagli.

«Non sono convinto, non sono proprio convinto» disse Diego a Chiara.

«Shh...» rispose lei. Ma neanche Chiara era felice della situazione in cui si erano cacciati. Loro due stavano facendo da esca! Reggevano tra le mani un grosso recipiente colmo di una bevanda dall'aria putrefatta.

«Come potrebbe Khenaton essere interessato a questa cosa puzzolente?!» andò avanti Diego.

«Hanno detto che andava ghiotto per la birra...» replicò Chiara, attenta a cogliere ogni piccolo rumore.

«ECCOLO!» disse alla fine.

Khenaton comparve
con i suoi occhi laser
e il suo esercito di scorpioni,
a cui ora si sommava
un certo numero di serpenti.

Era una scena raccapricciante, terribile, spaventosa.

I due bambini dovettero resistere con tutte le loro forze all'istinto di scappare via.

«Pagherete per aver disturbato il mio sonno, sciocchi mocciosi! E il mondo conoscerà la forza della mia vendetta!»

Chiara e Diego tremavano e tremava anche il liquido dentro al recipiente.

«Un'offerta per voi, faraone» disse Chiara con voce sottile.

Dal corpo della mummia si staccò una lunga benda che arrivò fino a Chiara e Diego, e che si avvolse attorno al contenitore, strappandoglielo via dalle mani.

Khenaton annusò il liquido e lo bevve tutto d'un fiato.

«Buono, ma non abbastanza a salvarvi la vita» disse poi, con voce profonda e cattiva.

Il faraone iniziò a camminare verso di loro e i bambini arretrarono contro la parete. Scorpioni e serpenti erano a un passo dai loro piedi, ormai era finita.

In quel momento, però, Akil e Saba comparvero alle spalle di Khenaton.

«Ehi, sbruffona di una mummia!» lo canzonò Saba.

«Prova a prendere noi, se ci riesci» insistette Akil.

Khenaton si voltò verso di loro. «Come osate, sciocchi ragazzini, prendervi gioco del grande e potente Khenaton?!»

La piramide fu attraversata da una scossa

di terremoto e Khenaton si tuffò verso Akil e Saba. Gli scorpioni e i serpenti dietro di lui si dimenticarono di Chiara e Diego.

I fratelli li seguirono, tenendosi a distanza di sicurezza. E quel che videro non gli piacque affatto.

Akil e Saba avevano cercato di attirare Khenaton nella stanza del sarcofago, ma senza successo. Le bende del faraone li avevano avvolti come corde, impedendogli di muoversi.

«Sciocchi, sciocchi ragazzini!» rideva lui.

Chiara agì in fretta. Prese dei sassolini dal pavimento e li lanciò contro Khenaton, obbligandolo a voltarsi.

«Sono qui, stupida mummia» lo canzonò.

Poi si allontanò, ma non riuscì a ritrovare Diego accanto a lei. Dove si era cacciato? E che cosa avrebbe fatto, lei? Doveva improvvisare. Iniziò a correre cercando uno dei passaggi segreti di Akil e Saba.

Svoltò un angolo e quasi cadde dentro al sarcofago! Come era arrivato fin lì?

Poi vide Diego nascosto nell'ombra. Era stato lui a portarcelo!

Chiara recuperò in fretta l'equilibrio e si appiattì di lato, mentre Khenaton girava l'angolo. A quel punto, Diego pestò una delle sue bende proprio come aveva fatto con Akil mentre giocavano ad acchiapparella.

Khenaton inciampò e cadde esattamente dentro al sarcofago.

«Nooooooo» urlò il faraone.

Chiara si affrettò a spostare il coperchio prima che la mummia potesse rialzarsi, e Akil e Saba, di nuovo liberi, la aiutarono.

Quando la parte superiore combaciò perfettamente con quella inferiore, ogni suono si spense e la piramide tornò silenziosa...

«Fai bei sogni, Khenaton!» ridacchiò Saba.

«Ecco qui» disse Akil, mostrando a Chiara e

a Diego un piccolo sarcofago colorato di oro e di blu.

«E questo è il mio» aggiunse Saba, indicandone un altro, decorato di oro e di rosso.

I bambini guardarono le due piccole mummie con sospetto e incredulità.

«Non volete più mummificarci per giocare con voi?»

Saba scosse i ricci neri. «Abbiamo capito una cosa importante» disse, aggiustandosi gli occhiali sul naso.

«I veri amici scelgono di restare, senza che nessuno li costringa a farlo» aggiunse Akil.

«E voi siete dei veri amici. Ci avete aiutati a rimettere Khenaton al suo posto, anche se vi avevamo minacciati di togliervi il cervello dal naso. Senza di voi non ce l'avremmo mai fatta».

«Torneremo a trovarvi» promise Chiara.

«Presto!» confermò Diego.

I bambini salutarono le due mummie e si infilarono nei sarcofagi aperti per loro.

Chiusero gli occhi e, di colpo, il freddo della piramide scomparve. Chiara riconobbe subito il calduccio del lettino di Diego.

«Te l'avevo detto!» strillò, rifilandogli un pizzicotto.

«Ok, ok, avevi ragione tu!» concordò Diego.

I due bambini si misero seduti.

«Non è stato solo un sogno» disse Diego, più a se stesso che a lei, per convincersi di quel che avevano vissuto.

«Che cosa vuoi tu da noi?» domandò Chiara al pupazzetto.

Il clown era ancora seduto sul davanzale della finestra.

Il suo viso, però, ora era un po' diverso. Aveva uno strano e inquietante sorriso.

«Meglio affrontare tutto questo con la luce del sole...» disse Chiara. Prese il pupazzetto e lo infilò dentro una scatola, poi dentro a uno zaino di cui chiuse la zip e che nascose dentro all'armadio.

«Da qui non riuscirà a uscire» ragionò.

Si infilò nel letto di Diego, il fratellino si era già appisolato...

L'orologio rintoccò le tre di notte.

STREGONE WILLO

Chiara non ci mise molto a capire che qualcosa era andato storto.

Di nuovo.

La bambina balzò subito in piedi, attivando tutti i neuroni: quel brutto pupazzo l'aveva fregata ancora una volta! E adesso si trovava in quella che aveva tutta l'aria di essere una specie di soffitta un po' malandata: il tetto di legno era spiovente e c'erano grandi ragnatele negli angoli, con piccoli ragni immobili, in attesa di farsi una scorpacciata di zanzare e mosche. Qua e là erano accatastati bauli malconci e grosse pentole annerite. Era un caos di strani oggetti, quel posto.

Ma dov'era Figliodiego?

Chiara cercò dappertutto, ma non c'era traccia del suo fratellino.

Era molto preoccupata. E se il clown l'avesse spedita in quel sogno tutta sola? E se Diego, invece, fosse stato in pericolo?

Avrebbe voluto mettersi a piangere, ma non poteva permetterselo. Doveva capire dove si trovava, se anche Diego era intrappolato in quel posto e come tornare a casa.

E l'unico modo per farlo era uscire dalla piccola botola che si apriva sul pavimento... Chiara tirò forte per sollevarla e guardò di sotto: uno stretto corridoio di legno, deserto.

Percorse la scala a pioli scricchiolante e poi sgattaiolò in giro, alla ricerca di un punto di riferimento o di Diego. La casa in cui si trovava era vecchia e un po' storta. Dal soffitto pendevano erbe secche e lampadari colorati. Sembrava disabitata... Sempre più preoccupata, Chiara raggiunse una stanza circolare, stipata di mobili rattoppati. Vecchie scope giacevano in un angolo e su ogni parete c'erano decine di mensole cariche di strani contenitori di vetro. Al centro, c'era un piccolo fuoco acceso sotto a un calderone ribollente. Si avvicinò per dare una sbirciatina, ma appena riconobbe il contenuto fece un balzo indietro. In un liquido denso che sembrava zuppa galleggiavano bulbi oculari e vermi neri e pelosi.

Chi mai avrebbe cucinato una cosa del genere? E soprattutto, chi l'avrebbe mangiata, poi?!

In fondo non voleva saperlo, doveva filare via da lì!

«Ti ho detto che sono capace!» disse una voce lontana, fuori dalla casa.

Gli occhi di Chiara saettarono verso una finestrella tonda. Il vetro era coperto di condensa e lei riuscì soltanto a vedere due sagome scure che camminavano verso la porta d'ingresso. Il cuore iniziò a batterle più forte: **doveva nascondersi!**

Chiara si accucciò dietro a una catasta di legna pronta per essere messa nel camino e aspettò.

«Non è un incantesimo difficile, posso riportarvi a casa in un batter d'occhio!» riprese a dire la voce entrando nella casetta. Era quella di un ragazzino, squillante e decisa.

«Sei sicuro al cento per cento?» disse un'altra voce e Chiara trattenne il fiato. L'aveva riconosciuta: si trattava di Diego! Che cosa ci faceva lì? Era nei guai?

Chiara provò a spiare la scena dal suo nascondiglio, mettendo fuori la testa solo un pochino. C'era proprio Diego lì a pochi passi da lei, ma l'altro tizio chi era? Indossava una maglietta a righe nere e un assurdo cappello a punta sulla testa e un ancor più assurdo maglione lungo, sempre nero, che somigliava fin troppo a un mantello. Sul lato destro, era stata appuntata una serie di medaglie. Diego lo guardava con la sua solita espressione scettica, mentre il ragazzino usava uno sgabello per prendere un grosso libro dalla copertina marrone da una mensola.

Perché Diego non fuggiva e se ne stava lì impalato a osservare il ragazzino? Lo teneva prigioniero? Chiara guardò meglio: non vedeva corde o catene o manette! Sembrava che Diego fosse con lui di sua spontanea volontà... strano, molto strano. Diego di solito aveva paura degli sconosciuti!

Il ragazzino iniziò a sfogliare il grosso libro.

«Questo è per il mal di denti...
Questo per togliere le macchie
di cioccolato... Questo
è per far parlare i cani...»

«Interessante» disse Diego, sbirciando il librone. «Mi piacerebbe sapere che cosa pensa il mio Pallino!»

«Rimaniamo concentrati sulle cose importanti» riprese il ragazzino con fare serio e professionale. «Dobbiamo darci una mossa prima che... Eccolo qui» lesse, usando un dito per seguire le parole. «Incantesimo per svegliarsi da un brutto sogno!»

Chiara li guardò stupita: incantesimo? Quelli che fanno le magie?! Chi era quello strano ragazzino?

Certo che le parole 'Svegliarsi da un brutto sogno' solleticavano molto la sua curiosità: sarebbe stato molto bello chiudere questa nuova avventura notturna, senza fare raccapriccianti incontri, e filare dritti dritti a casa senza rischiare la vita!

«Se ti svegli tu, voglio svegliarmi anche io!» esordì la bambina, uscendo dal suo nascondiglio.

Sia il ragazzino che Diego sobbalzarono, sorpresi di vederla lì.

«Chiara! Sei arrivata!» le sorrise Diego dopo un momento.

Lei lo guardò imbronciata. «Sì, e quando ho aperto gli occhi in quella soffitta piena di ragnatele non ti ho trovato! Stava per venirmi un infarto dalla paura!»

Diego si strinse nelle spalle. «Mi sono ripreso

prima di te e quando ho guardato fuori dalla finestrella ho visto lui» spiegò Diego, indicando il ragazzino. «Si è offerto di aiutarci, ma va di fretta e così l'ho aiutato a raccogliere gli ingredienti necessari».

«Sono Willo». Il ragazzino si presentò, togliendosi il cappello a punta e facendo un inchino verso Chiara. Aveva folti capelli rossi e occhi birichini.

«Willo è uno stregone!» esclamò entusiasta Diego. «Può aiutarci a tornare a casa!»

Uno stregone? Wow!

Chiara fissò il ragazzino che, stranamente, era un po' arrossito, come se fosse in imbarazzo. Lui abbassò lo sguardo e iniziò subito a correre di qua e di là per la stanza, riempiendosi le braccia di cose. Senza abbassare la guardia, la bambina diede un'occhiata al grosso libro di incantesimi.

C'erano tantissime parole e immagini a spiegare il procedimento.

«Sembra molto difficile» commentò lei. Willo non era tanto più grande di Chiara, possibile che fosse capace di fare un incantesimo del genere?

Lui roteò gli occhi e raddrizzò la schiena. «Certo che sono capace» sbuffò. «L'ho già detto anche a tuo fratello. Ora mi devo concentrare, non dobbiamo perdere tempo...»

Willo prese strani barattoli e ampolline, alcune dal contenuto fumoso, altre granuloso. Chiara ne afferrò una e la studiò attentamente.

«Non toccare». Willo gliela strappò dalle mani per metterne alcune gocce dentro a un piccolo calderone.

«C'era scritto di usarne al massimo tre e tu ne stai mettendo sette!» protestò lei.

Willo roteò ancora gli occhi e poi indicò le medaglie sul suo mantello.

«La vedi questa?!» disse, mostrandogliene una con dei numeri al contrario incisi sopra. «Questa me l'hanno data perché so contare perfettamente». Poi ne indicò un'altra, con una fiamma. «E questa perché sono bravissimo ad accendere i fuochi fatui!» borbottò. «E questa è perché sono un eccellente teletrasportatore di nubi».

Diego lo guardò ammirato. Chiara invece fissava uno spazio vuoto tra le medagliette. Sembrava che mancasse una spilla. «E qui? Perché non c'è nulla?»

Il ragazzino la guardò con gli occhi socchiusi. «Non sono affari tuoi. Diego, passami le code di salamandra, presto!» ordinò.

Chiara continuò a squadrare Willo mentre preparava la pozione. Quel tipo non la convinceva del tutto, no no. In fondo lei aveva già affrontato un vampiro, due fratelli mummia e un faraone cattivo! Stava facendo tutto di fretta, senza precisione...

Dopo alcuni minuti, Willo annusò il contenuto del calderone. «Ottimo, ottimo, manca solo un po' di...» Si guardò attorno e poi staccò un pezzo del costume da drago di Diego, una scaglia verde brillante che Mammagiulia aveva sapientemente cucito per il loro dolcetto o scherzetto.

«È pronta!» decretò alla fine. Dalla pentola prese a uscire fumo viola che fece tossire Diego e Chiara.

«Con questa vi sveglierete a casa vostra in un batter d'occhio!» disse con voce fiduciosa. Prese due bicchieri un po' opachi e ci mise dentro due belle mestolate.

«Presto, presto, bevete fino all'ultima goccia» li invitò.

Prima che Chiara potesse fermarlo, Diego si strinse le narici per non respirare il cattivo odore e poi buttò giù la pozione tutta d'un fiato.

«Non è così male...» commentò il bambino. «Dai, Chiara, non vorrai rimanere qui da sola mentre io torno da mamma e papà!»

Il pensiero la fece rabbrividire e Chiara si decise a prendere un piccolo sorso. Il liquido frizzò in gola come una bevanda gassata. Effettivamente non aveva un cattivo sapore. Stava per berne un altro po' con più convinzione, quando il suono di qualcosa di vetro che si frantumava attirò la sua attenzione.

Guardò a terra: il bicchiere di Diego era caduto.

Guardò Diego: il suo fratellino si fissava le mani con gli occhi sgranati...

«Ma che... che cosa sta succedendo?» balbettò lui.

Le sue mani stavano cambiando colore, erano rosse e lucide, come se fossero ricoperte di squame!

In realtà, Diego stava cambiando del tutto: sui suoi piedi crescevano piccoli artigli che bucavano le scarpe da ginnastica con le luci e al posto del maglione su cui Mammagiulia aveva cucito delle ali di cartone stavano nascendo... delle ali vere e proprie!

«Ti stai trasformando in un... in un...»

«DRAGO!» ruggì Diego. La sua voce era sempre la sua voce ma mentre parlò lanciò delle fiamme in tutta la stanza. «E tu... e tu...» prese a indicarla.

Chiara si guardò
le gambe e il petto: il tutù da ballerina
era sparito e anche le lucine.
Al loro posto c'era una pelliccia
di varie sfumature di rosa,
folta e brillante.

Chiara cercò subito Willo. «Che cosa hai combinato?!» tuonò.

Il ragazzino sfogliava il libro di incantesimi freneticamente... girava pagina, poi tornava indietro, poi ricominciava daccapo. La sua espressione era terrorizzata: non aveva idea di che cosa fosse successo.

«Io... IO...» prese a dire, ma evidentemente non sapeva come giustificarsi. Fissò Chiara: la sua trasformazione era rimasta parziale, forse perché non aveva bevuto tutta la pozione. Ma Diego era proprio un draghetto, fatto e finito: aveva dentini acuminati, artigli taglienti, squame luccicanti e una bella coda con cui rischiava di distruggere ogni cosa si trovasse vicina a lui.

«Dovete andarvene!» gridò Willo. Il suo viso era così pallido che sembrava verde. Cominciò a spingere Chiara fuori dalla porta.

«Ehi ehi ehi!» protestò lei. «Tu ci hai trasformati e tu ci ritrasformi, stregone!»

Willo scosse la testa. «No, no, no! Dovete andarvene prima che...»

«Prima che...»

«WILLO!» gridò una voce.

Il ragazzino deglutì, spaventato.

«DOVE TI SEI CACCIATO?» insisté la voce.

Una folata di vento improvviso spalancò tutte le finestre. I lampadari appesi al soffitto dondolarono e poi si spensero.

La casetta precipitò in un buio inquietante, illuminata solo dalla luce della luna lì fuori...

«Correte fuori, presto!» disse ancora una volta Willo, lanciando a Chiara una scopa di saggina.

Stavolta, i fratelli non se lo fecero ripetere. Chiara afferrò la scopa e si tuffò fuori, rannicchiandosi contro la parete della casa. Diego, dietro di lei, un po' rallentato dal nuovo corpo da draghetto, la seguì.

Si acquattarono tra i cespugli e videro qualcosa muoversi nel cielo scuro.

Una sagoma che planava, rapida, rischiarata soltanto dal bagliore delle stelle, seguita da uno stormo di corvi dalle piume lucide...

«Una strega» sussurrò Chiara, sentendo i brividi cavalcarle la schiena, mentre la donna passava attraverso una delle finestre ed entrava nella casetta.

I due fratelli chiusero gli occhi, terrorizzati.

«Willo, che cos'è tutta questa confusione?!» sbraitò la strega con una voce da cornacchia.

«Mi stavo solo allenando con gli incantesimi, zia Elvira».

Chiara e Diego udirono i tacchi della donna ticchettare sul pavimento di legno. La immaginarono avvicinarsi a Willo, poi sentirono rumore di risucchio. La strega stava assaggiando la pozione!

«Hai sbagliato qui: dovevi mettere spremuta di quadrifoglio, non succo di trifoglio» disse. «Ma perché mai stavi preparando una pozione 'leva incubi'? Hai fatto brutti sogni, streghetto mio?»

«No, no» si affrettò a dire Willo. «Ho scelto un incantesimo a caso...»

«Stai dicendo una bugia alla tua vecchia zietta, Willo?» gracchiò la strega.

«No...»

«Che cos'è questa puzza?» chiese un attimo dopo lei.

«Puzza? Quale puzza?» domandò lui con voce troppo squillante.

«Sento odore di... di... intrusi» proseguì la strega, ricominciando a muoversi lentamente per la stanza.

Chiara e Diego si abbracciarono forte.

«Ma non di intrusi qualsiasi, di... un giovane drago» disse Elvira.

Diego tremò, Chiara strinse il manico della scopa. Che cosa avrebbe dovuto farci? Darla in testa alla vecchia?

«CRA-CRA» fece un corvo.

«Cra-cra-cra» fece un altro.

I due bambini sollevarono lo sguardo verso il cielo scuro. Alcuni uccelli volavano in tondo proprio sopra al loro nascondiglio.

«Sciò sciò!» disse Chiara, terrorizzata: tutto quel baccano avrebbe sicuramente attirato l'attenzione della vecchia strega!

«Laggiù!» gridò la donna. Subito la foresta che circondava la casetta fu attraversata da una folata di vento. I bambini ormai sapevano che Elvira li aveva scoperti e presero a correre in mezzo agli alberi.

«Ah ah ah!» rideva la strega.

Diego decise di guardare quanto fosse distante... ed era vicinissima! La donna cavalcava una scopa in compagnia di decine di corvi. Le sue gambe erano lunghe e secche e aveva un naso lungo e brufoloso, capelli grigi agitati come il vento e un abito viola lungo e rattoppato. Sembrava uscita da una spaventosa fiaba per bambini...

«Ragazzi, volate!» disse Willo rivolto a loro.

Volare? E come?

Chiara guardò Diego e in quel momento si ricordò che suo fratello era un drago!

«Diego! Sbatti le ali!»

Suo fratello la guardò come se avesse preso una botta in testa, ma poi arrivò alla stessa conclusione. Strizzò forte gli occhi, concentrandosi.

Le sue ali rosse si agitarono un po', sollevandolo da terra di qualche centimetro, ma poi ricadde. Riprovò ancora e ancora. La quarta volta si staccò di oltre un metro e riuscì a rimanere in equilibrio.

«Scappa!» gli gridò Chiara.

«E tu?»

Chiara sapeva che la sua trasformazione non era completa: era un unicorno soltanto per metà... ma se quella brutta megera poteva cavalcare una scopa, forse doveva provarci anche lei!

Chiara fermò la sua corsa folle, mise il manico tra le gambe e si diede un po' di spinta... ma cadde a terra.

«Sei anche tu magica! Usa la magia degli unicorni!» gli gridò Willo.

«TACI NIPOTE!» lo zittì zia Elvira. «La mia riserva di cuore di drago è finita e tu sai che è l'ingrediente più raro di tutto il mondo magico! Io non mi lascerò scappare quel draghetto!»

Chiara cercò di ignorarli. Diego era a pochi metri da lei, agitava le ali e si guardava attorno, spaventato. La megera ormai li aveva raggiunti...

La bambina pensò al suo magicissimo costume da unicorno che Mammagiulia aveva cucito per lei con tanto amore. Si strofinò la pelliccia, da cui sprigionò una polverina brillantinosa che svolazzò per un secondo e poi si depositò sulla scopa...

Un attimo dopo,
il vecchio manico vibrò e Chiara
si ritrovò a sfrecciare nel cielo
ad almeno cento chilometri all'ora!
Dietro di lei lasciava una scia arcobaleno
che rischiarava il buio della notte.

«E c'è anche un unicorno! Sai quanto vale il tuo corno al mercato nero? Ah ah ah!» disse la vecchia. Era davvero entusiasta. I suoi corvi le gracchiavano attorno famelici e si buttavano contro Chiara e Diego che volavano affiancati.

«Qual è il piano?» chiese Diego.

Chiara non lo sapeva: ma sentiva che quella stregaccia aveva qualche brutto tiro in serbo per loro.

Poco dopo il cielo, fino ad allora limpido, si scurì a causa di centinaia di nubi che avvolsero anche i due bambini.

«Non vedo niente» disse lei.

«Nemmeno io» rispose lui.

«Shhh!» mormorò una voce poco distante che li fece sussultare. Dalla nebbia uscì Willo.

«TU!» Chiara gli puntò il dito contro. «È tutta colpa tua!»

Le guance del ragazzino divennero rosse come i suoi capelli. «Hai ragione... Ma io volevo soltanto aiutarvi...»

«E invece guarda in che pasticcio ci hai cacciati!» brontolò di nuovo lei.

La situazione era critica ma Chiara non

riusciva proprio a trattenersi dal prendersela con Willo.

«Se...» provò a dire lui.

«Non voglio le tue spiegazioni!» lo interruppe Chiara.

«Lascialo spiegare!» la riprese Diego. «Tu non sai tutta la storia perché dormivi! E se proprio vuoi saperlo, queste nubi che ci stanno proteggendo sono opera di Willo, che è un eccellente evocatore di nubi. Ha anche una spilletta!»

Chiara guardò suo fratello furente e con ancora più furia guardò Willo, poi con un gesto della mano lo invitò a parlare.

«Volevo mandarvi via il prima possibile. Zia Elvira è sempre a caccia di bambini umani per certe sue pozioni... Quando ho visto Diego mi sono precipitato ad aiutarlo. Ma avevate ragione entrambi... non sono uno stregone abbastanza bravo per riuscire a fare quell'incantesimo...» spiegò Willo con voce cupa. «Vedete? Al campo per giovani maghi non mi hanno dato la spilletta per la corretta esecuzione di artifici...» disse, ancora più mogio. «Ho pensato che se mi fossi impegnato, stavolta ce l'avrei fatta... vi avrei salvati. E avrei ottenuto la mia spilletta».

Chiara ascoltò tutta la storia. Anche se per metà le intenzioni di Willo erano decisamente sbagliate, l'altra metà era decisamente giusta.

«Ora che cosa facciamo con tua zia?» chiese Diego, irrequieto.

«Non è che si stancherà di cercarci prima o poi?» provò a dire Chiara.

Willo scosse la testa. «No. Siete un bottino troppo importante... e le mie nubi stanno cominciando a dissolversi, ci serve un piano...»

Willo rifletté a lungo.

«Ho un'idea. Posso aggiustare la pozione e aiutarvi a tornare a casa vostra. Ma ho bisogno di tempo... Per cui tu» si rivolse a Diego «dovrai tenere occupata la mia zietta. Mentre tu» si rivolse a Chiara «verrai ad aiutarmi!»

I fratelli si guardarono con occhi sbarrati.

«Separarsi? Neanche per sogno!» dissero Chiara e Diego nello stesso momento.

«DRAGUCCIO, UNICORNUCCIO...! Venite dalla zietta...» sentirono gracchiare.

«Se vi prende siete finiti! Non ci sono altre possibilità. Diego, sei un drago, ricordatelo!» esclamò Willo, spingendolo dentro all'unica nuvola che non si stava ancora dissolvendo e afferrando Chiara per un braccio.

«Noi torniamo alla casa!» stabilì Willo.

Diego era rimasto solo.

Completamente solo.

La sua sorellona era sparita e lui avrebbe dovuto tenere occupata una vecchia megera per chissà quanto, mentre Willo sistemava la pozione. Non aveva idea di come avrebbe fatto...

'Ricordati che sei un drago'.

Che cosa sapevano fare i draghi oltre a essere super belli e a saper volare veloci come fulmini?

«Sputano fuoco!» disse Diego tra sé e sé.

In quell'istante, un piccolo stormo di corvi bucò la nebbia che lo avvolgeva e che cominciava a svanire. I corvi si lanciarono su di lui con gli artigli estesi e i becchi pronti a colpirlo. Diego scacciò ogni paura e poi urlò.

«AAARGHHH!»

Dalla sua bocca schizzò una lingua di fuoco che bruciò tutti quegli uccellacci, rendendoli simili a dei deliziosi polli arrosto!

«Vi sta bene!» esultò lui.

«TU! CHE COSA HAI FATTO AI MIEI PICCOLI?» tuonò la voce della vecchia strega.

In quel momento si ritrovarono faccia a faccia. Drago e strega. Lei agitò nell'aria le sue mani dalle dita ossute e dalle unghie lunghissime e laccate di nero.

«Pagherai anche per questo, draghetto» lo minacciò.

Dalle mani della donna uscirono lampi neri, bianchi e verdi e Diego dovette usare tutto il suo coraggio per non svenire e tutta la sua abilità per schivarli.

Sapeva che se per caso un fulmine fosse riuscito a colpirlo il suo aspetto non sarebbe stato troppo diverso da quello dei corvi-polli arrosto!

Nei piccoli momenti in cui la vecchia faceva una pausa, Diego ne approfittava per lanciarle contro il suo alito di fuoco.

'Chiara, fate in fretta!'

Chiara stava aiutando Willo. Lo stregone aveva lasciato a lei il compito di contare le gocce di acqua di palude e lui stava spremendo una manciata di quadrifogli.

«Presto, la pozione deve bollire!» gridò dopo un po' Willo, precipitandosi al piccolo calderone dove il liquido che li aveva trasformati in drago e unicorno era diventato nero e colloso come petrolio.

«Lascia stare, non c'è tempo!» decise Chiara, che invece si avvicinò alla grossa pentola che bolliva di bulbi oculari e vermi e la rovesciò tutta per terra.

Willo la osservò spargersi sul pavimento di legno. I bulbi oculari rotolarono da tutte le parti e finirono sotto i mobili.

«Zia Elvira non mi perdonerà mai...» commentò.

«E noi non ti perdoneremo mai se lascerai che tua zia ci riduca in spezie per le sue pozioni!» ringhiò Chiara.

«Ok, giusto...» disse Willo.

Travasarono il liquido nero dentro al calderone grande, sotto cui il fuoco scoppiettava vivace.

«Ora aggiungiamo la spremuta di quadrifoglio, come ha detto zia Elvira!»

Con un mestolo girarono il contenuto che da nero diventò giallo senape.

«Adesso sì che somiglia all'immagine sul libro!» esultò Willo.

Il profumo era delizioso: ricordava un bouquet di camomilla, di lavanda, di...

In quell'istante sentirono un forte rumore dall'esterno.

«PIIIISTAAAAAA» gridava zia Elvira.

La strega sfrecciò dentro alla casa emettendo scie di fumo che fecero tossire tutti. La sua scopa volante aveva preso fuoco!

«PIIIISTAAAA» gridò un'altra voce: era Diego, tutto sporco di fuliggine e con le piume delle ali bruciacchiate.

Elvira si schiantò contro una parete, Diego, invece, contro la finestra.

Willo e Chiara accorsero dal draghetto e provarono a rialzarlo, ma zia Elvira fu più veloce: con un balzo si raddrizzò sulle sue gambette secche e si avvicinò minacciosa a loro.

«Mi avete proprio stufata adesso, stupidi ragazzini» sbraitò, tirandosi su le maniche dell'abito viola rattoppato.

Sollevò le braccia sopra la testa, incombendo su di loro con i lunghi artigli laccati.

«Che i fulmini vi arruffino le penne, che le saette vi...»

In quel momento, Chiara vide uno dei bulbi oculari a poca distanza da lei. Con un rapido scatto lo raccolse e lo lanciò sul pavimento, spedendolo dritto dritto sotto al piede della vecchia.

La donna perse l'equilibrio, barcollò e poi slittò su un altro bulbo oculare – era stato Willo a lanciarlo, copiando Chiara! – e poi su un altro ancora, finché alla fine sbatté con la faccia contro la catasta di legna da ardere e ruzzolò a terra, svenuta.

Chiara, Diego e Willo guardarono la scena increduli. Fu lo stregone ad alzarsi per primo e a controllare che la megera fosse k.o.

Le prese il battito e poi si tolse il cappello per asciugarsi una goccia di sudore: «Abbiamo un po' di tempo» disse.

Willo aveva spostato zia Elvira su un divano scassato e le aveva messo una coperta addosso.

Chiara prese un bicchiere del liquido color senape, seguita da Diego.

«Cin cin» dissero all'unisono i due fratelli e poi ingoiarono la bevanda squisita fino all'ultima goccia.

«Ci vorrà qualche minuto» spiegò Willo.

«Che cosa succederà quando si sveglierà?»

Willo si strinse nelle spalle. «Zia Elvira non è così cattiva come sembra... è che quando vede i draghi non sa proprio trattenersi!» disse. «Starò bene».

«Promettici che non farai mai più incantesimi troppo difficili!» esclamò Diego.

Willo sorrise, raggiante: «Lo prometto. Avevo solo paura di non riuscire mai a guadagnarmi la medaglietta... ma guardate qui».

Sul suo petto, nello spazio vuoto, era comparsa per magia **una spilla a forma di calderone**:

«Finalmente sono anche io un esecutore di artifici!» sorrise, felice.

Diego corse ad abbracciare quello strano ragazzino.

Anche Chiara pensò che sarebbe stata una bella conclusione per quel sogno, ma all'improvviso i confini della casetta di zia Elvira si confusero e in un batter di ciglia i due fratelli si ritrovarono nella stanzetta di Diego.

BOOH IL FANTASMA

Ancora una volta, in qualche modo strano e magico, Chiara e Diego erano ritornati a casa.

Ancora una volta, in qualche modo strano e magico, il pupazzo a forma di clown era riuscito a liberarsi e ora li fissava, seduto alla scrivania di Diego. Sul suo viso, il sorriso sembrava essersi fatto più grande e l'espressione era compiaciuta. **Se lo strambo omone che Chiara aveva importunato voleva farle passare una notte da incubo ci stava riuscendo per metà**: la bambina era in parte terrorizzata, ma in parte felice di tutti i nuovi amici che si stava facendo nel mondo dei sogni.

«Aspettami qui, vado a parlare con la mamma» disse a Diego, che la fissò con sguardo interrogativo.

Chiara attraversò la casa stringendo il pupazzetto tra le mani.

«Sembri felice» gli sussurrò ed ebbe la netta sensazione che quello annuisse leggermente in risposta. «Ma non possiamo continuare così, piccolo clown. Io ho molto sonno!» gli spiegò.

Proprio in quel momento, passarono davanti all'orologio a pendolo del corridoio. Il pupazzo, all'improvviso, sollevò un piccolo braccio e lo indicò. Chiara si voltò, ormai per nulla stupita di vedere il clown muoversi da solo. Le lancette indicavano quasi le quattro del mattino. Chiara realizzò che ogni volta che l'orologio aveva segnato l'ora, lei era finita in un nuovo sogno.

«Quindi... mi stai dicendo che tra pochi minuti inizierà un altro sogno?!» esclamò spaventata.

Il pagliaccio annuì.

Il cuore di Chiara fece una capriola e lei prese a camminare più rapidamente.

Piano piano aprì la porta della camera da letto di Mammagiulia e Papàantonio.

«Pssst!» iniziò a chiamare a bassa voce, avvicinandosi al letto. «Mamma!»

Mammagiulia si alzò di scatto e non appena vide il pupazzo a pochi centimetri da lei dovette trattenersi con tutte le sue forze per evitare di urlare dallo spavento.

«Che cosa ci fa lui qui?!» bisbigliò.

«Ritorna sempre!» rispose Chiara, facendo segno alla mamma di uscire in corridoio.

Mammagiulia si infilò una vestaglia sopra al pigiama con gli ananas e seguì Chiara.

«Perché indossi ancora quel costume? E che cosa sono quelle occhiaie?!» chiese Mammagiulia.

Chiara scosse la testa.
«È colpa sua» disse
indicando il pupazzetto.
«Ma ora non c'è più tempo!
Tra poco inizierà un altro sogno!»

Mammagiulia sbiancò. «Ma come... dove... quando?»

Il pagliaccio sgusciò fuori dalle mani di Chiara. Tante lucine, come piccole lucciole, si levarono dalle sue mani e, danzando nell'aria, si posarono sulle ciglia di madre e figlia.

L'incantesimo era ricominciato.

Quando sbatterono le palpebre, però, sia Chiara che Mammagiulia si guardarono attorno più sbalordite che mai.

Dopo essere stata in un castello di vampiri, in una piramide piena di mummie e nella casa di streghe, Chiara proprio non si aspettava di finire...

A casa sua.

O meglio, non esattamente a casa. Ma nei sotterranei della loro casa. Un posto che le terrorizzava e che cercavano di evitare in ogni modo.

«Che cosa ci facciamo qui?» disse Mammagiulia con voce tremante, guardando le pareti grigie un po' scrostate, il pavimento tutto rotto e l'inquietante corridoio di sgangherate porticine chiuse.

Chiara scrollò le spalle. Forse questa volta l'incantesimo non aveva funzionato!

Insieme, mamma e figlia si diressero all'ingresso.

«Certo che questo posto è proprio brutto... potrebbe tranquillamente viverci un fantasma...» commentò Mammagiulia, continuando a seguire Chiara.

«Dovrei ristrutturarlo...» proseguì, fissando la lampadina accesa che sfarfallava.

Chiara, nel frattempo, era arrivata davanti alla porta di uscita. Il tragitto era filato liscio come l'olio: nessun mostro, nessun rischio di finire ridotti in pappa per stregoni e nessun cadavere deciso a conquistare il mondo. E ora, con un sospiro di sollievo, la bambina abbassò la maniglia.

Ma la porta non si aprì.

Chiara riprovò.

Niente.

Guardò Mammagiulia con espressione allarmata.

«È chiusa a chiave» disse Chiara.

«E dove sarà la chiave?» domandò Mammagiulia con voce flebile.

«Credo che dovremo cercarla, se vogliamo uscire di qui e andare a letto!» disse Chiara, provando a non abbattersi.

Poi iniziò a scrutare i sotterranei. C'era un milione di posti in cui la chiave poteva essere finita... avrebbero dovuto aprire le strane porticine e cercare dentro alle stanze stipate di vecchi mobili rotti, di barattoli di vernice un po' secchi e di altri oggetti finiti lì e dimenticati...

Mammagiulia si rimboccò le maniche della vestaglia per iniziare quel lavoraccio ma, di colpo, la luce sopra le loro teste si spense.

Mamma e figlia si abbracciarono forte.

Passò un secondo...

Passò un altro secondo...

E ne passò un altro...

Iniziarono a battere i denti per la paura.

Di colpo, come se ne era andata, la luce tornò.

Ma solo una delle lampadine si accendeva e spegneva a intermittenza.

Chiara si avvicinò, e quando le fu sotto la lampadina si spense, ma iniziò a illuminarsi quella successiva.

«Sembra che ci stia indicando una strada...» disse Figliachiara a Mammagiulia.

«Sembra anche a me» rispose lei. «Dovremmo seguirla?»

«Forse sì... Io non voglio rimanere qui al buio!»

Mammagiulia e Chiara seguirono la strada indicata dalle lampadine sopra alla loro testa. Si avventurarono sempre più nei sotterranei, raggiunsero stanze e corridoi che non avevano mai visto prima. Quel posto dava davvero i **brividi**: ogni camera era uguale all'altra, brutta e rovinata.

Chiara all'improvviso sobbalzò: le era sembrato di vedere qualcosa, uno strano animale acquattato dietro a una porta... Ma quando si avvicinò capì che era stata solo la sua immaginazione: lo strano animale era un vecchio aspirapolvere scassato. La bambina temeva proprio che da un momento all'altro potesse comparire un mostro... o peggio.

Mamma e figlia camminarono strette l'una all'altra, spaventate. All'improvviso, la luce smise di accendersi a intermittenza e si trovarono dentro a una grande stanza carica di oggetti rotti e polverosi, pieni di ragnatele. Al centro, c'era un grosso baule. Ricordava quasi **un forziere dei pirati** per quanto era massiccio e dall'aria antica...

Chiara si avvicinò per vederlo meglio e quello si mosse un pochino.

«Hai visto?» domandò con voce tremante a Mammagiulia.

«Che cosa?» domandò con voce tremante a Chiara.

Forse la bambina si era immaginata tutto. Passò una mano sul baule... Adesso l'aveva visto benissimo: si era mosso! Magari c'era rimasto intrappolato un gattino! O un povero topino! Senza pensarci, Chiara sollevò il coperchio.

«BUUUUU!»

Chiara venne investita da un soffio d'aria calda e polverosa, con uno strano odore, come di marcio e di ragnatele. Le parve di sentire una voce ululare, ma, guardandosi attorno, vide che non c'era nessuno lì, a parte lei e la mamma.

«Mamma...» disse. Ma dalla sua faccia capì che Mammagiulia non aveva notato niente di strano. Chiara cercò di non pensarci. Forse si era immaginata tutto, come prima con l'aspirapolvere. Sbirciò dentro al baule e, proprio sul fondo, vide che c'era una chiave.

«L'ho trovata!» gridò, felice.

Infilò la mano e la raccolse. Era pesante, arrugginita e dall'aria molto antica.

«Wow!» disse Mammagiulia osservandola speranzosa. «Ora possiamo andarcene davvero!»

«Sì!» esultò Chiara, ma in quel momento sentì un soffio sulla pelle che la fece rabbrividire.

«Che cosa... cosa è stato?» balbettò.

«La chiave!» urlò Mammagiulia.

Chiara si guardò la mano, ma non c'era più traccia della chiave! Ora la loro unica possibilità di uscire da quei brutti sotterranei fluttuava a mezz'aria, poco lontana da loro.

«Sta volando» disse Chiara, sempre più preoccupata per quel che stava accadendo.

Mammagiulia deglutì, terrorizzata.

«Forse... Dovremmo prenderla. Infilarla nella serratura e andarcene da qui» ragionò la bambina. In fondo, era soltanto una chiave. Che cosa mai avrebbe potuto farle?

Ma come se avesse sentito quelle parole, la chiave si mosse e scappò via!

«Presto! Inseguiamola!» disse Chiara. Non potevano lasciarsela sfuggire, dovevano riprenderla!

La chiave schizzava via veloce, ma Mammagiulia la raggiunse. Allungò la mano per afferrarla, ma quella si spostò di lato. Ci riprovò Chiara, ma il risultato era sempre lo stesso. La chiave, all'ultimo secondo, si allontanava un pochino. Se non altro ora aveva smesso di volare via: era come se si stesse divertendo a prendersi gioco di loro!

Chiara si avvicinò alla mamma e le bisbigliò nell'orecchio: «Forse dobbiamo prenderla alla sprovvista! Fare in modo che non se lo aspetti...»

«Ottima idea» concordò la mamma.

Le due diedero le spalle alla chiave, finsero di allontanarsi e iniziarono a fischiettare...

Quando Chiara si girò per vedere che cosa stesse facendo la chiave, notò che si era avvicinata a loro. Si teneva comunque a distanza, ma le stava seguendo. La bambina tornò subito a guardare davanti: il suo piano stava funzionando.

Lei e Mammagiulia si scambiarono un'occhiata per coordinare l'azione.

«Ora!» disse Chiara e contemporaneamente si voltarono e assalirono la chiave.

Ci erano riuscite! Chiara strinse tra le dita la chiave, la tirò a sé, ma quella era come immobile. Anzi, era come se qualcun altro la stesse strattonando dalla parte opposta.

«Mamma, aiuto!»

Ma Mammagiulia era caduta a terra e si stava rialzando faticosamente: nell'assalto, aveva sbattuto contro qualcosa. Il che era molto strano, visto che oltre alla chiave lì non c'era niente!

«Lasciala!» urlò all'improvviso una voce.

Una voce che proveniva proprio dal punto in cui non c'era niente!

Scioccata, Chiara mollò subito la presa.

Con gli occhi sbarrati per lo spavento, le due videro la chiave cadere e poi schizzare ancora in alto, muovendosi su e giù sospesa nell'aria.

Quando fu lontana, la chiave si fermò.

«Allora, non venite a prenderla?» chiese la

voce di prima, un po' affannata ma anche divertita. «Non volete uscire da questo postaccio e tornare nella vostra bella casa?» domandò di nuovo.

«Chi parla?» mormorò Chiara.

«Dovrete scoprirlo...» disse la voce ridacchiando.

La chiave si mosse ancora e fluttuò via. Poi svoltò dietro un angolo e scomparve alla loro vista.

Chiara la fissò con il cuore in gola. A chi apparteneva quella voce? Che cosa voleva da loro? E perché non lasciava che prendessero la chiave?

La chiave saltellava su e giù. Ogni volta che Chiara era quasi vicina a prenderla, quella si spostava di lato oppure un po' più in là, e lei si ritrovava a mani vuote. Neanche Mammagiulia riusciva a fare di meglio. Dopo aver provato ad acciuffarla in qualunque modo,

Chiara si sdraiò a terra, stanchissima. Erano in una specie di sgabuzzino disseminato di attrezzi per dipingere.

«Così non va bene!» sbuffò la bambina.

Anche la chiave si era fermata, sufficientemente vicina a loro per essere in bella vista, ma non abbastanza per essere acciuffata. Mammagiulia tentò di nuovo con la strategia di prima: aspettò un po', finse di fare altro e alla fine si gettò sulla chiave. Purtroppo, inciampò di nuovo in qualcosa e finì dritta dritta contro alcuni vecchi barattoli di vernice che si aprirono e si rovesciarono sul pavimento.

«Non mi sembra questo il momento di ristrutturare, mamma» scherzò Chiara, guardando il pasticcio rosso, giallo e blu che colorava tutto. Ma all'improvviso notò una cosa ben più interessante.

C'erano delle impronte.

Impronte colorate, fresche di vernice, che si dirigevano verso l'esterno dello stanzino.

E non potevano essere quelle di Mammagiulia, che ancora si stava rialzando.

E non potevano essere quelle di Chiara, che non si era mossa da dove si trovava.

Di chi erano, quindi?

C'era qualcuno in quel sotterraneo oltre a loro.

Chiara le studiò. Erano poco più grandi di quelle dei suoi piedi. Uscì dallo stanzino e vide una lunga fila di impronte sparire in un'altra stanza. Con attenzione, si avvicinò e spiò all'interno.

Le impronte terminavano proprio al centro della stanza. Chiara vedeva anche la chiave, sempre lì, al centro, un po' in basso. Con un balzo si avventò su di lei.

E cozzò contro qualcosa.

«Togliti, togliti!» disse la voce, la stessa che avevano sentito prima. Chiara sentì che qualcuno la spingeva via e cadde.

Si rialzò, guardandosi attorno. C'era davvero qualcuno, anche se lei **non poteva vederlo!** Qualcuno che ora stava fuggendo di nuovo, viste le impronte sul pavimento.

«Come possiamo prendere qualcuno che non riusciamo neanche a vedere?!» brontolò Chiara.

Tornò da Mammagiulia, riflettendo. La mamma aveva i capelli tutti arruffati e il suo adorato pigiama con gli ananas era macchiato di vernice.

«**Ecco, ora lo dovrò buttare**» disse, sconsolata. «Sempre se riusciremo mai a uscire da qui...»

Ma Chiara non prestò attenzione alle sue parole. Osservò la mamma con un grande sorriso.

Aveva avuto un'idea. Un'idea che poteva aiutarle ad acciuffare quella chiave e lasciare i sotterranei.

«Andiamo a prendere tutta la vernice che troviamo!» disse.

Chiara si era appostata dietro a una porta e Mammagiulia era poco lontana da lei. Stringevano un barattolo di latta ciascuna.

«Quella chiave non ci serve a niente» disse Chiara, alzando di proposito la voce.

Mammagiulia le sorrise. Si erano messe d'accordo su quel che avrebbero detto. «Hai ragione, possiamo sempre scassinare la serratura!» rispose lei, a voce ancora più alta. «Vieni, Chiara, andiamo a prendere gli attrezzi».

Aspettarono.

Il loro piano era semplice: dovevano attirare la chiave e chiunque la stesse facendo fluttuare.

Dopo alcuni istanti, la videro. Le due rimasero concentrate, avevano una sola occasione e non dovevano sprecarla!

«Adesso!» urlò Chiara.

Lei e Mammagiulia si girarono contemporaneamente e lanciarono la vernice dei barattoli.

Il liquido rosso di Mammagiulia si fuse con quello giallo di Chiara e non cadde sul pavimento, ma colpì effettivamente qualcosa.

«È... È un bambino?» domandò Chiara, osservando la figura finalmente visibile e tutta colorata di vernice. Riusciva a riconoscere proprio delle gambe e delle braccia, e una testa! E in una mano stringeva la chiave per uscire dai sotterranei!

La figura, chiunque fosse, si agitò e corse via, ma ormai loro riuscivano a vederla benissimo. Non le avrebbero più permesso di fregarle scartando di lato, o facendo un passo indietro o in avanti, sfruttando il fatto che fosse invisibile.

Mammagiulia spiccò un salto e gli precipitò addosso!

«Preso! Chiara, aiutami!»

La bambina accorse e cercò di aprire la mano della strana figura che stringeva saldamente la chiave.

«Mamma, fagli il solletico!»

Mammagiulia eseguì. Il bambino provò a resistere, ma dopo un po' scoppiò a ridere e allentò la presa delle dita. Chiara gli sfilò la chiave dalle mani.

«Ce l'ho!» gridò. E la nascose dentro a una piega del suo tutù da unicorno.

Mammagiulia si rialzò e il bambino di vernice fece altrettanto.

«Siete cattive!» urlò, pieno di rabbia e offeso per quell'assalto. «Me l'avete rubata!»

«In realtà tu l'hai rubata a noi!» replicò Chiara.

«Siete cattive!» ripeté lui. E Chiara notò che le sue spalle tremavano un po'.

«Tu... tutto bene?» domandò preoccupata.

«Ti ho fatto male?» chiese ancora più preoccupata Mammagiulia.

La figura si sfregò gli occhi.

«Andatevene via, lasciatemi solo!» disse lui, rabbioso. Ma Chiara sentì qualcosa di strano nella sua voce... Era come se stesse piangendo. E infatti, una grossa lacrima di vernice cadde a terra.

«Cosa succede? Chi sei?» gli chiese Chiara, avvicinandosi.

Anche Mammagiulia fece la stessa cosa. Ora che potevano vederlo non avevano più paura di lui. Sembrava piccolo ed era chiaramente molto triste.

Chiara gli toccò un braccio.

«Non voglio che mi consoliate, andate via! Lasciatemi solo! Sono abituato a starmene qui tutto solo!»

Mammagiulia, però, lo abbracciò.

«Vuoi dirci chi sei?»

Sentirono che il bambino tirava su con il naso. «Sono un fantasma, ecco chi sono! Il fantasma di questa casa!» rispose con orgoglio.

«Un fa... fa... fantasma?» rabbrividì Chiara.

Lui annuì. «Mi chiamo Booh!»

«E perché ce l'hai con noi, Booh?» disse Chiara.

«Perché sono un fantasma, ecco perché! Il mio compito è infestare questi luoghi e ora che mi avete liberato non potrete più impedirmelo! Sono stato io a condurvi al baule attraverso le luci, ho passato anni là dentro!»

Ecco che cosa aveva sentito Chiara quando aveva sollevato il coperchio del forziere: senza volerlo, aveva permesso al fantasma Booh di uscire.

Di colpo, Booh si scrollò di dosso tutta la vernice. Il suo corpo trasparente si gonfiò, si gonfiò, si gonfiò. Divenne enorme, ma non più del tutto invisibile: era come composto da uno strano fumo verdognolo... ed era piuttosto brutto.

Booh rivolse loro un ghigno soddisfatto. «Vi conviene CORRERE» urlò e mentre lo diceva la sua bocca si spalancò, si spalancò, si spalancò. Divenne enorme, grande abbastanza perché Mammagiulia e Chiara ci finissero dentro per intero!

Mammagiulia afferrò Chiara per il braccio e la trascinò via. Booh le inseguiva ridendo, andando a sbattere contro le pareti a causa della sua stazza.

«Dove dobbiamo andare?» gridò Chiara, che si guardava intorno nei sotterranei ma non riconosceva la strada. Anche Mammagiulia sentiva di essersi persa. Booh le aveva condotte in una parte della casa che non avevano mai visto!

«Ma perché fai così?!» gridò Chiara a Booh, voltandosi per un attimo. Il fantasma aveva proprio l'aria di uno che si stava divertendo un mondo.

«Io infesto le case
abitate dalle persone! Se vi lasciassi
andare via, che cosa mi rimarrebbe
da fare?» disse. «Ridatemi
la chiave! Tanto non ve ne andrete
mai più da quiii!»

Booh divenne più verde e più grosso, era davvero terrificante.

Chiara e Mammagiulia, però, non si arrendevano. Corsero velocissime e riconobbero la stanza che conteneva il baule da cui erano usciti il fantasma e la chiave. Non si fermarono, lì dentro non c'era niente che potesse aiutarle.

Booh all'improvviso accorciò la distanza.

«PRESE!» esultò.

Il fumo verde le travolse, facendole tossire. Chiara perse subito di vista Mammagiulia. Tutto attorno a lei era avvolto nell'inquietante nebbia creata da Booh. L'unico rumore che sentiva era quello della risata soddisfatta del fantasma.

Chiara sapeva che ormai erano spacciate. Era finita. Booh le aveva sconfitte e l'omone e il pupazzo avevano vinto. Giurò che se fosse sopravvissuta non avrebbe più osato importunare qualcuno! Si sedette per terra, tossendo. Ma con la coda dell'occhio riconobbe una cosa, una sagoma come di animale acquattato dietro a una porta: l'aspirapolvere!

Chiara si avvicinò, camminando a quattro zampe sul pavimento, e lo afferrò. In quell'istante, però, sentì che il suo tutù si era impigliato.

Guardò verso il basso e vide che un brutto tentacolo di fumo verde stava rubandole la chiave.

«No!» urlò. Non poteva lasciare che Booh gliela portasse via!

Impugnò l'aspirapolvere come una spada e lo azionò. Il vecchio marchingegno partì con un ronzio leggero... Chiara gli diede una bottarella e l'aspirapolvere rombò, iniziando ad aspirare l'aria a tutta carica!

«Dai, funziona!» lo incitò Chiara, guardando il fumo verde sparire risucchiato dentro al tubo dell'aspirapolvere.

«Nooooo!» gridò Booh e Chiara scorse un'espressione davvero infelice sul suo viso, ma non si fermò. Doveva salvare la sua mamma e uscire da quei terribili sotterranei!

Il fumo piano piano sparì: Chiara rivide Mammagiulia e scoprì che in realtà era vicinissima a lei, ma con tutta quella nebbia non riuscivano a ritrovarsi. Alla fine, l'aspirapolvere sbuffò soddisfatto: Booh il fantasma era sparito. Chiara lo spense, nei sotterranei era tornato il silenzio.

Prese fiato.

«Sei stata bravissima!» si complimentò Mammagiulia, prendendola in braccio. Chiara sorrise, ma non era davvero contenta. Era riuscita a salvare la chiave e a imprigionare Booh, ma non riusciva a togliersi dalla testa la sua espressione sconsolata mentre veniva risucchiato, né a dimenticare come piangeva poco prima.

Mammagiulia prese Chiara per mano e insieme le due percorsero la strada a ritroso, fino alla porta d'ingresso.

«Ci siamo» esultò la mamma, emozionata.

Chiara prese la chiave dal tutù e cominciò a infilarla nella serratura.

«Aspettate!» disse una voce.

Ma non era una voce. Era quella voce. La voce di Booh.

Entrambe sussultarono, spaventate. Si era liberato? Avrebbe provato di nuovo a imprigionarle?

«Sono qui, dentro a questo coso!» spiegò lui.

Chiara sollevò l'aspirapolvere e guardò all'interno. Vedeva Booh attraverso la plastica trasparente: due occhi grandi e un vortice di fumo, non più verde.

«Non lasciatemi qui» le supplicò.

Mammagiulia sollevò un sopracciglio: «Certo, così cercherai di tenerci qui per sempre...»

«No, no, non è vero!» disse lui, con voce lamentosa.

«Spiegaci perché ci volevi imprigionare in questi sotterranei» gli ordinò Chiara.

«Ve l'ho già detto: sono un fantasma! I fantasmi infestano. Ma non ha nessun senso infestare un posto vuoto... Sono stato solo per così tanto tempo, senza niente da fare o nessuno con cui parlare...» rispose Booh. La sua voce era così triste che Chiara si commosse un po'. Sembrava proprio sincero.

«E non puoi non infestare?» domandò Mammagiulia, ora più calma rispetto a prima.

«No!» replicò lui. «È il mio compito. Ma non volevo spaventarvi! O meglio... non volevo spaventarvi troppo! Eravate state carine con me, quando mi avete abbracciato. Però voi volevate andarvene e mi sono arrabbiato... sono diventato verde per la rabbia!»

«Non possiamo lasciarlo qui ancora da solo, mamma» disse dopo un po' Chiara. Ci aveva pensato. E aveva un'idea...

«Quindi cosa proponi?» le chiese la mamma.

«**Potremmo liberarlo**, ma da qualche altra parte...» ragionò Chiara.

«Tipo dove?»

«A scuola?» provò a dire Chiara con un sorriso speranzoso.

«Non se ne parla! Un fantasma come Booh potrebbe farla chiudere!» sbottò Mammagiulia.

«**È proprio questo il piano...**» insistette Chiara.

«Chiara...» la riprese la mamma un po' accigliata.

«Ok, d'accordo. A scuola no. Però ho un'altra idea. E stavolta ti piacerà» disse lei allegramente.

«Tu ci devi aspettare qui, ma torneremo presto, prestissimo» promise Chiara a Booh, o meglio all'aspirapolvere che conteneva Booh.

«Siete sicure?» domandò lui, speranzoso.

«Sì. Fidati di me!»

«Cosa vuoi fare, Chiara?»

Chiara guardò Mammagiulia e Booh negli occhi.

«Vedrete!»

E così dicendo
infilò la chiave nella serratura
della porta e la girò.

EPILOGO

Chiara e Mammagiulia aprirono gli occhi e si ritrovarono nella loro cucina. Tutto era uguale a come l'avevano lasciato, compreso il pupazzo del clown in piedi sopra il ripiano, fermo in mezzo a loro.

«Awww» sbadigliò qualcuno alle loro spalle. Si girarono e videro che Diego le aveva raggiunte.

«Ho dormito un po', ma tu non tornavi più!» disse rivolto a Chiara. La bambina si ricordò di aver detto al fratello che sarebbe tornata subito da lui e invece era stata catapultata in un nuovo sogno. I suoi occhi cercarono l'orologio. Mancavano ancora alcuni minuti alle cinque. Non potevano permettere al piccolo clown di trasportarli ancora una volta in quel mondo pauroso (anche se molto magico, doveva ammetterlo).

Chiara aveva un piano.

Prese il pupazzetto.

«Non portarci in un altro sogno. Ti prego».

Il pupazzetto la guardò con aria interrogativa.

«Io non credo che tu sia cattivo. Hai provato a spiegarmi che, ogni volta che l'orologio rintocca, devi fare la tua magia... Ma secondo me non vuoi più farlo! Te l'ha detto quel vecchio signore antipatico e brontolone...»

Il pupazzo annuì, le lancette dell'orologio, però, giravano e giravano. Il tempo passava e diventava sempre di meno...

«Invece di un nuovo sogno, facci tornare nei sotterranei!» gli propose Chiara.

«COOOSA?» esclamò Mammagiulia, stupefatta. «Perché mai dovremmo tornare in quel postaccio orribile? Domani dirò a Papàantonio che dobbiamo sgombrarlo e non entrarci mai mai mai più!»

Ma Chiara scosse la testa.

«Dobbiamo tornare là. Ma tu devi venire con noi!» disse al pupazzetto.

«Perché? Cos'hai in mente?» chiese Diego, stropicciandosi gli occhi.

Non c'era tempo per rispondergli, il pendolo iniziò a suonare.

Don! Don! Don! Don!... Don!

Al quinto 'don' le scintille luminose del clown si diffusero in tutta la stanza e si posarono sulle palpebre di Mammagiulia, di Chiara e di Diego.

Ma, stavolta, anche sugli occhi a forma di bottone del piccolo clown.

E in un battito di ciglia, tutti si ritrovarono nei sotterranei. Le lampade sfarfallavano, le pareti erano scrostate e vicino alla porta d'ingresso c'era un aspirapolvere un po' vecchiotto.

«Siete tornateeee!» disse una voce.

Chiara sorrise.

Mammagiulia arricciò le labbra.

Figliodiego sobbalzò.

«Che cos'è stato?» domandò, avvicinandosi per guardare più da vicino il fumo che si agitava all'interno dell'aspirapolvere.

«Un nuovo amico. Booh il fantasma» spiegò Chiara. «Prendiamo questo aspirapolvere, presto» disse la bambina, che stringeva il piccolo clown tra le mani.

Mammagiulia sbuffò poco convinta, ma si fidava di sua figlia. Finora aveva avuto solo buone idee. Ed era stato per merito suo, in fondo, se erano riuscite a uscire da quel posto! Perciò, Mammagiulia prese l'aspirapolvere.

«Dove andiamo?»

Chiara si voltò verso la porta e abbassò la maniglia.

«A fare una sorpresa a una certa persona...»

Un unicorno magicissimo e un draghetto sputafuoco attraversarono la strada fuori dalla loro casa e poi un'altra ancora, svoltarono in una via e poi in un'altra ancora. Con loro c'erano anche una mamma con un pigiama con gli ananas imbrattato di vernice e un aspirapolvere in mano e un piccolo clown appollaiato sulla spalla della bambina-unicorno che apriva la fila.

Chiara camminava spedita, ignorando l'oscurità della notte. Aveva dovuto combattere contro i peggiori mostri esistenti, di certo ora un po' di buio non le avrebbe mai più fatto paura!

Anche Diego doveva essere della stessa opinione, perché non tremava più al minimo soffio di vento o cigolio di cancello.

La bambina si fermò soltanto quando fu davanti a una casa dall'aria trascurata. Una casa con il tetto inclinato, il giardino che sembrava popolato da scheletri e una sola finestrella illuminata...

«Che cosa ci facciamo qui?!» bisbigliò Diego alla sorella.

«**Chiudiamo questa nottataccia!**» si limitò a rispondere lei, che a passo di marcia percorse il vialetto e si fermò davanti alla porta. Il battente aveva la stessa forma a faccia di clown di quando era arrivata lì, alcune ore e molti sogni fa.

Chiara lo sbatté forte. Se la luce era accesa significava che lui era in casa.

Ma non arrivò nessuno.

Riprovò e riprovò.

Nel frattempo, il cielo dietro di loro si stava rischiarando... **l'alba era vicina.** Troppo vicina: tutto ciò che era successo in quella notte poteva succedere solo di notte... nella notte di Halloween.

Diego si unì a Chiara iniziando a bussare forte alla porta.

Mammagiulia li guardava un po' in disparte, incerta se fermarli o vedere che cosa sarebbe successo.

«CHE C'È?!» sbraitò una voce arrabbiata.

L'omone era arrivato e aveva aperto la porta.

«TU!» urlò, inorridito, vedendosi davanti Chiara.

Era più grosso di lei, ma ora non le faceva più paura.

«IO!» rispose, infatti, Chiara.

«E anche io!» si fece largo Diego.

«Che cosa volete adesso, ragazzini?!» sbuffò l'uomo.

Chiara lo fissò dritto negli occhi. «Solo dirle che abbiamo fatto dei sogni bellissimi!» sibilò lei. «E che ora per ringraziarla vorremmo farle un regalo... fantasmagorico!»

Così dicendo, Chiara prese l'aspirapolvere dalle mani di Mammagiulia e premette il bottone contrario al risucchio. Il vecchio marchingegno iniziò a sbuffare fuori polvere e fumo, tantissimo fumo!

«Cosa... che sta succedendo?» disse lui, preoccupato.

Tentacoli di fumo si avvitarono su loro stessi lì, sul pianerottolo della casa di quell'antipatico, e quando si fermarono, di colpo, Chiara vide una versione meno verde, ma comunque abbastanza spaventosa di Booh. Il bambino fissava il signore con uno strano sorriso furbo sul viso.

«Benvenuto nella tua nuova casa, Booh!» esclamò Chiara.

Il fantasma la guardò soddisfatto, poi si ritrasformò in nebbia e si tuffò sotto le gambe dell'uomo.

«Ma... ma...» provò a dire lui.

«Non si lamenti! In fondo ha quasi cercato di intrappolare me e i miei figli nel mondo dei sogni! Lei avrà solo un fantasma a infestarle casa... anche se devo ammettere che è un tipo piuttosto scorbutico! E ora buonanotte!» disse Mammagiulia prendendo i suoi bambini per mano e tornando in strada.

«Ciao ciao Booh!» lo salutò Chiara.

Diego fece una linguaccia al signore prima di andarsene.

Mammagiulia e i bambini uscirono dal giardino e si allontanarono dalla casa decrepita. A quel punto, la mattina era vicina. E Chiara aveva proprio sonno. Sbadigliò forte e sentì il pupazzetto scivolarle giù dalla spalla, dove era rimasto appollaiato per tutto il tempo.

«Volevi tornare da lui?» gli chiese Chiara.

Quello scosse la piccola testolina di pezza.

«**Vuoi venire a casa con noi?**»

Quello annuì con la piccola testolina di pezza.

«E ci riporterai ogni tanto dai nostri nuovi amici magici?» gli domandò Diego.

Il pupazzo sorrise e si affrettò ad annuire.

In quel momento, il sole sorse.

L'alba illuminò il cielo di arancione, rosa e azzurro e un sottile raggio di luce colpì il pupazzetto.

Fu come se milioni di scintille esplodessero dal piccolo clown, che osservò il suo corpo con stupore.

Un attimo dopo, davanti a Mammagiulia, Chiara e Diego, che osservarono la scena con occhi colmi di stupore, c'era un pagliaccio in carne e ossa, alto più di loro, con buffi capelli rossi arruffati e un fantastico naso a forma di pallina.

«**Wooooow!**» disse Diego a bocca spalancata.

«**Incredibile!**» aggiunse Chiara.

«E chi sei tu?» intervenne Mammagiulia, che forse era la più stupita di tutti.

«Sono Macchietta! E da ora in poi sarò la vostra amica più fidata! Grazie ai miei sogni voi avete affrontato grandi paure, ma ora grazie alla vostra amicizia io voglio diventare un clown migliore. Siete fantastici!»

Macchietta si lanciò contro di loro e li strinse in un abbraccio fortissimo.

Mammagiulia, Figliachiara e Figliodiego chiusero gli occhi.

E, di colpo, si ritrovarono ciascuno nel proprio letto.

«**Buonanotte, amici**» disse Macchietta.

In quel momento, l'orologio rintoccò.

Don! Don! Don! Don! Don!

... E don.

INDICE

Finito di stampare
nel mese di novembre 2022
per conto della Adriano Salani Editore s.u.r.l.
da Grafiche Stella, San Pietro di Legnago (VR)
Printed in Italy